為美好的世界獻上祝福！10
賭博大亂鬥！
Kadokawa Fantastic Novels

「埃爾羅得？妳剛才是不是提到埃爾羅得？
她要去的是賭場大國
埃爾羅得嗎？」
阿克婭

「因為那個孩子也讓我很掛心。剛才我只是有點吃醋罷了。」
惠惠
「你醒了啊，和真。不好意思，接下來這三天我要把你綁起來。」
達克妮絲

「和真和真，為了把剛才輸掉的拿回來，來賭一把大的吧！把剩下的籌碼全押下去！」
「押妳個頭，我是慎重派的，和妳不一樣！啊，不准擅自把籌碼押下去！」

「哇啊啊啊啊啊啊——！
我的零用錢
全沒了——！」

「還請你一直待在我的國家。
為了讓兄長大人願意一直待下去，
我也會為了這個國家好好加油的。」
愛麗絲

為美好的世界獻上祝福！

賭博大亂鬥！

CONTENTS

為美好的世界獻上祝福！10

賭博大亂鬥！

曉 なつめ

illustration 三嶋くろね

Kadokawa Fantastic Novels

Character
阿克婭
職業 大祭司
任誰都無法控制的水之女神。專長是宴會才藝。
和真
職業 冒險者
尼特主角。優點在於幸運值之高。
達克妮絲
職業 十字騎士
專司防禦的受虐狂女騎士。其實是大貴族家的千金。
惠惠
職業 大法師
紅魔族首屈一指的天才。只對爆裂魔法有興趣。
點仔
惠惠的黑貓使魔。
爵爾帝
阿克婭的寵物小雞。
愛麗絲
貝爾澤格王國的第一王女。視和真為兄長仰慕。

序章

背上感覺著路面顛簸造成的輕微震動的我，對一直看著戒指還看不膩的愛麗絲說：

「吶。我已經說過好幾次了，那是一個只值四百艾莉絲的便宜貨喔。這樣好了，回到王都之後我再買個更好的戒指給妳就是了。」

「不用啦！我不要別的戒指，我就是喜歡這個！」

我已經不知道是第幾次對她這麼說了。

「真是的，妳從剛才開始就一直看是怎樣啦，在炫耀給我看嗎？這麼想要我把那個東西搶走的話我可以搶給妳看喔！」

「有、有意見嗎！妳想打架嗎！」

而暴怒的惠惠也已經不知道是第幾次試圖從這樣的愛麗絲手上搶走戒指了。

惠惠在狹小的龍車裡和愛麗絲扭打在一起，而我對這樣的她說：

「惠惠，妳也不用那麼氣沖沖的吧。我不是也送妳埃爾羅得仙貝了嗎？那個還比較貴耶。」

「問題又不在於價格！那種仙貝是很好吃沒錯，但是這樣總讓我覺得在各方面都輸給她了！」

面對做出這種難搞發言的惠惠，愛麗絲護著套在手指上的戒指向後退。

「因為我是兄長大人的妹妹啊。妹妹比較特別，和朋友不一樣！」

「妳、妳說什麼，為什麼我降級成和真的朋友了！我是和真的隊友兼室友耶！是朋友以上家人未滿好嗎！」

某人的打呼聲從龍車後座傳來，聽起來好像睡得很香甜的樣子。

「那麼，既然我是妹妹，就是家人了。是在惠惠小姐之上的存在！」

「好，既然妳從剛才就想找我打架，那我就奉陪到底啊！」

聽著兩人如此吵鬧的聲音。

「王族可是很強的！絕對——絕對不會打輸妳喔！」

我決定也來睡個午覺——

第一章

對唐突的婚約提出抗議！

1

魔王軍幹部，邪神沃芭克。

儘管原本的力量遭到封印，卻還是在這樣的狀態下，憑著爆裂魔法讓王都的精銳們吃盡苦頭的大咖懸賞對象。

她是魔王軍幹部兼受人畏懼的邪神。葬送了此等強敵的我們，終於被認定為一支實力派小隊，而不是瞎貓碰上死耗子了。

然後，率領眾多精銳冒險者戰勝魔王軍，總算打響了名號，聲名大噪的我，現在——

「我想去抓隻野生無頭騎士。」

「我聽不太懂你在說什麼。」

在豪宅的大廳裡熟悉的沙發上。

怡然自得的在沙發上放鬆的我，對一臉困惑的惠惠這麼說。

「和真怎麼突然說這種話啊？是不是對阿克西斯教的信仰心突然萌芽，才變得想要驅逐不死怪物啊？這是一件非常令人開心的事情沒錯，可是野生的無頭騎士可沒有那麼常見喔。你先對付骷髏和幽靈，忍耐一下吧。」

對於說出這種傻話的阿克婭，我開始說明為什麼想要捕獲野生無頭騎士。

「我之所以要找野生無頭騎士是為了學那個叫死亡宣告的技能。為了執行某個計畫，我無論如何都需要那個技能。妳知不知道有哪裡會冒出無頭騎士來啊？」

「啥——？巫妖技能『Drain Touch』也好，這招也罷，你為什麼老是想學那種骯髒的技能啊！你給我把冒險者卡片交出來，我要把你的點數全都用來學我的宴會才藝技能！」

「喂白痴喔，住手啦！不准擅自亂點！與其這樣搞不如乖乖把恢復魔法技能交出來！」

在我將撲過來搶冒險者卡片的阿克婭推開時，坐在沙發上，讓點仔趴在大腿上的達克妮絲歪了一下頭，一臉狐疑的樣子。

結束了上次的旅程回來之後，這顆厚臉皮的毛球變得越來越討厭阿克婭，一找到機會就會啃阿克婭的羽衣，越來越上道了。

「你說想學那麼危險的技能是怎麼回事？而且，無頭騎士是僅次於吸血鬼和巫妖的最上位不死怪物喔，怎麼可能會隨便從哪裡冒出來啊。」

達克妮絲的回答正如我所預料，讓我相當失望。

畢竟這個世界的巫妖會開店、惡魔也會打工，就算有無頭騎士在鬼屋之類的地方工作，事到如今我也不會驚訝了。

或許是看穿我失望的心情，惠惠一臉不安地問我：

「到底是怎麼了？和真會想學那麼強大的技能，就表示你要對付相當強大的敵人對吧。我幫不上你的忙嗎？就連葬送眾多魔王軍幹部的爆裂魔法也派不上用場嗎？」

對著說出如此可靠發言的隊友，我露出最燦爛的笑容，表示不需要擔心。

「不，才沒有這回事呢。謝謝妳，惠惠，爆裂魔法完全派得上用場。說的也是，強求得不到的東西也無濟於事……好，惠惠，和我一起闖入鄰國吧！然後對鄰國的首都轟個一發爆裂魔法之後就送封恐嚇信到王城去這麼表示：『不想繼續遭受爆裂魔法襲擊的話，就解除和愛麗絲公主之間的婚約。我等魔王軍不認同愛麗絲公主的婚約——』」

「白痴啊你這個傢伙！我就覺得你在接到愛麗絲殿下寫給你的信之後就不太對勁，原來是在想這種無聊的事情啊！你想學無頭騎士的死亡宣告，該不會也是為了詛咒愛麗絲殿下的未婚夫吧？再說了，魔王軍又是從哪裡冒出來的啊！」

聽了我的完美計畫，達克妮絲突然勃然大怒。

「妳說我無聊是什麼意思！沒錯，我就是要從遠方對愛麗絲的那個什麼未婚夫施加詛咒，然後這麼說：『哦——我看這是魔王幹的好事吧。擄走公主是魔王的工作。你是因為搶走了這個重要的工作而遭到魔王怨恨了吧。我們這邊有個優秀的大祭司，所以有辦法幫你解除詛咒，不過難保你不會再次遭受詛咒。我想，這種時候最好的做法還是取消婚約，等到打倒魔王再說……』」

「太爛了，這個男人簡直爛透了！居然想把貴重的技能點數用在這種無謂的小事上，你應該以此為恥才對！」

接在達克妮絲之後，惠惠也對我這麼說。

「我都已經學過料理技能和逃走技能了，事到如今對我說這種話也來不及了吧。為了確認公會裡的冒險者有沒有在傳我的負面謠言，最近我還試著學了『讀唇術』這個技能呢。」

「你、你這個傢伙真的開始走上和冒險無關的道路了呢。無論如何，我都不會讓惠惠陪你去執行那種愚蠢的計畫。」

那兩個只會把技能點數用在爆裂魔法和防禦技能上的傢伙，憑什麼把我說成這樣啊？在批評別人以前，妳們才應該學些方便好用的實用技能吧——我真想這麼說。

……在這樣的狀況之下，出乎意料的，只有阿克婭一個人似乎願意配合的樣子。

「我可以配合你的計畫喔。尤其是把壞事全都推給魔王這一點最讓我欣賞。因為，阿克西斯教團的日常活動當中，有一項工作就是到處散布魔王軍的負面評價。」

「魔王之所以襲擊人類，該不會是你們阿克西斯教徒害的吧？」

不過，我會突然說出這種話是有原因的。

不久之前，愛麗絲寄了一封信給我。

信裡面提到她要去鄰國找未婚夫見第一次面，希望我能擔任她的護衛。

身為她的乾哥哥，我當然不可能拒絕妹妹的請求。

以防和那個想拐騙我可愛的妹妹，來路不明的壞男人展開戰鬥，我還磨利了完全沒在保養的日本刀，最近都在做諸如此類的準備，但是——

「沒辦法了，這樣只好採取正面突破的方式，接下護衛的委託，利用各種手段來阻撓這樁婚事。事有必要，反正我的技能點數也還有剩，找人教我什麼派得上用場的技能……」

這個時候的我，還沒有注意到。

當托著下巴，不斷自言自語的我正在煩惱的時候，達克妮絲以有所企圖的視線看著我。

2

發生了這種事情之後的隔天。

「——喂。這到底是怎麼回事，給我說明清楚。」

就在差不多要過中午的時候，忽然醒過來的我，發現自己不知為何被綁在床上。

「你醒了啊，和真。不好意思，接下來這三天我要把你綁起來。你放心，我會幫你準備最棒的食物，也會親自照料你的生活起居。如果你有想要的東西，無論是什麼我都會叫家裡的人去買來。」

也不知道是什麼時候闖進我的房間裡來的，一臉勝而驕矜的達克妮絲大白天的就說出這種蠢話。

季節也差不多要到了夏天的尾聲。

我想她應該不是熱昏頭了才對。

「妳幹嘛突然搞這招啊。為什麼要突然把我綁起來？從性癖來想的話立場應該相反才對吧。是不是太喜歡我，已經喜歡到按捺不住了啊？」

「誰會喜歡上你這種見一個愛一個的男人啊！還有，不准提到性癖，把你綁起來和我的興趣無關。」

俯視著被綁在床上的我，達克妮絲突然發火，如此怒斥一番。

「妳還是一樣難搞耶。雖然是親在臉頰上，但我們都吻過了妳現在還在說什麼啊？時至今日，傲嬌已經不流行了喔。」

「你說誰傲嬌啊！而且那個時候的事情和現在無關吧。你這個傢伙都和我發展到那種地步了，還是這邊晃晃，那邊晃晃……算了，現在不是說這些的時候。關於愛麗絲殿下，我有話要告訴你。」

先是罵了我一頓之後，達克妮絲清了清喉嚨。

「抱歉，和真。關於前幾天愛麗絲殿下提出的護衛委託，我會回信婉拒。愛麗絲殿下似乎會在三天後前往鄰國，只要我確認到殿下出發就會把你鬆綁。你就乖乖待到那時候吧。」

然後帶著有點過意不去的表情，對我這麼說……

「妳開什麼玩笑啊，原來妳是為了這個才把我綁起來喔！要是就這樣置之不理的話，我的妹妹會嫁給來路不明的壞男人耶！」

「你才是不知道打哪來的來路不明的壞男人吧，你這個傢伙在說什麼啊！如果你想說自己不是身分不明又來歷成謎的傢伙，就乖乖把自己的過去告訴我！……對了，我從很久以前就想問了。你的故鄉到底是哪個國家？偶爾展現出來的那些奇妙的知識又是什麼？為什麼會缺乏一般人的常識之類……！」

對於達克妮絲這些麻煩的發言充耳不聞，被綁住的我放聲大叫：

「惠惠——！阿克婭——！救命啊，這個女色狼大白天的就把我關起來調戲——！」

「混、混帳，不准說那種奇怪的話！而且，很遺憾的，她們兩個不知道上哪去了，現在不在家。接下來只要叫我家裡的人過來，把你和這張床一起搬進我的老家就可以了。讓你擔任護衛的話肯定會演變成外交問題。這也是為了我們的國家，你就忍耐一下吧。」

「為什麼我只是去當個護衛就會演變成外交問題啊！我住在王都城堡裡的時候也學過貴族禮儀，不會做出失禮的舉動啦，快把我放開！」

「你這個傢伙根本就是無禮二字的化身，還敢說這種話！你只要乖乖待著，我就讓你吃些平常沒那麼容易吃得到的美食。而且，你的本性是尼特對吧？只要躺著就會有人照料你的生活起居，這樣想的話應該還不壞吧？」

達克妮絲彎著身子看著我，像是在哄小孩子似的這麼說。就在這時，我忽然發現現在不是說這些話的時候了。

「……說的也是。好吧，我明白了。」

「你、你能理解我的苦心啊……！最近一直忙得團團轉，偶爾像這樣和你一起慢下腳步，悠閒度日……」

——也還不壞。

露出靦腆笑容的達克妮絲原本大概是想這麼說的吧。

「那麼，我從剛才開始就非常想去上廁所，妳就趕快幫我解決吧。」

而被綁住的我毅然決然這麼告訴她。

「……咦？」

「咦什麼咦啊，妳剛才不是說了嗎？說妳會照料我的生活起居，這當然也包含把屎把尿這部分吧。」

「…………咦？」

我對茫然僵住的達克妮絲說：

「所以了，我現在就要命令妳。喂，達克妮絲，幫我拿尿壺來。」

「咦咦咦咦咦！」

「咦咦咦妳個鬼啦，動作快。妳這個千金大小姐還真是不中用，分明就是妳自己說要這麼做的耶。快點啊，動作快。」

這不是性騷擾。

因為無法動彈，我也無可奈何。

沒錯，我也無可奈何啊。

「不不、不對——！不對，不是這樣的！不是啦，和真，我確實說過會照顧你的生活起居沒錯，但不是這樣的，你等一下！」

「我等不了啦，早上起床就會想尿尿，這是自然的生理需求。話先說在前頭，接下來這是妳每天都要做的事情喔。我可不想讓你們家那些和我素昧平生的傭人做這種事情。好了，快點動手吧。」

「嗚嗚嗚嗚……可、可是……」

剛才那些強勢的發言已經煙消雲散，迷惘的達克妮絲不知所措了起來。

「啊，有點不太妙，這下真的不是開玩笑的了。妳還要害羞到什麼時候啊，之前我不是才在妳上廁所的時候照顧過妳嗎？幫妳脫內褲又幫妳拿衛生紙的。我們都已經認識這麼久了，事到如今不需要因為這點小事而害羞了吧。只要下半身就可以，快點幫我鬆綁。」

正當我因為尿急而焦躁起來時，達克妮絲輕聲對我說：

「……辦不到。」

「……啥？」

我不禁反問，達克妮絲則是一臉歉疚地低下頭。

「我沒有設想到生理需求的問題。怎、怎麼辦，我用來綑綁你的是效力相當強大的魔道具，沒有中途鬆綁的手段。也就是說，接下來的這三天內，你都只能維持這個樣子……」

「妳這個白痴！那該怎麼辦啊，難道我這三天都得直接放流嗎！喂，妳別鬧了喔，要是事情真的變成這樣的話，我也會讓妳淪落到和我一樣的下場！」

被我怒罵的達克妮絲紅著臉，忸忸怩怩了起來。

「一、一樣的下場……」

「在這種緊急情況下妳還在期待什麼啊！啊啊，可惡！」

我抬起唯一能夠動的頭，再次確認現在的狀況。

現在的我就像是中了拘束技能一樣，從肩膀到膝蓋都被材質類似橡膠的繩索綑綁了起來。

乍看之下好像可以輕鬆切斷，但她剛才說這是效力強大的魔道具，所以恐怕沒辦法吧。

不過，如果只是在繩索之間挪出一條縫應該辦得到。

「喂，達克妮絲，以妳的力氣應該有辦法在繩索之間拉開一條縫才對。妳幫我從重點部位的地方拉開綁住我下半身的繩索。這樣就可以從縫裡面掏出來解放了。」

「我、我知道了，交給我吧！」

臉頰微微泛紅的達克妮絲開始挪動繩索。

繩索依然緊緊綁在我的身體上，不過總算是拉開一條勉強能夠掏出那話兒的縫隙了。

「好，妳做得很好。接著，那邊有個尿壺，妳幫我拿過來。」

「……為什麼這裡會有那種東西？這種東西到底要用在什麼時候……」

「這是所謂尼特的修養啦。比方說冬天很冷的時候，早上想去上廁所的話會覺得很麻煩對吧？這種時候就很方便。」

「你、你這個傢伙到底是要廢到什麼地步……算了，現在正好派上用場。好了，我放在這裡喔。」

一臉傻眼的達克妮絲這麼說完，就把尿壺放在我的髖部旁邊……

「喂，這樣最好是有辦法上啦。妳要幫我把內褲拉下來讓我解放啊。」

「咦咦！」

這傢伙到底是要這個狀況的我怎麼辦啊？

「咦咦什麼啊，我可是雙手都被綁住，而且整個人都無法動彈耶。再說，這個狀況一開始就是妳造成的。我快忍不住了啦，動作快！」

「就就、就算你這麼說！啊啊，真是的……」

儘管一臉快要哭出來的樣子，達克妮絲還是別過頭去伸出手。

這時，已經把我的褲子脫到一半的達克妮絲，露出一臉疑惑的表情。

「……嗯？喂，和真，你的褲子卡住了，拉不下去。這是……」

「抱歉，這是剛睡醒的時候的生理現象。」

…………

「哇、哇啊啊啊啊啊啊啊啊啊啊！」

「痛痛痛痛痛痛痛痛痛痛妳幹嘛啦快住手！住手！會被妳扯斷！」

是什麼東西會被扯斷我就不說了，不過我完全忘了剛才對達克妮絲性騷擾的時候有多麼開心，現在只能放聲慘叫。

「妳在想什麼啊，我的性別差點就要轉職了好嗎！妳最好給我記住，等到我的束縛解開了絕對要整到妳想哭！」

「我現在已經夠想哭了好嗎……吶，和真，我們就這樣放棄吧？反正等到阿克婭回來就可以用『Create Water』和『Purification』幫你清乾淨了……」

「妳是要我尿床嗎！說什麼就這樣放棄，妳的意思是要我直接尿床嗎！別說那種傻話了，妳動作快點啊！妳就是因為不敢直視才辦不到，這是妳闖出來的禍，給我好好盯著看，快點！」

達克妮絲這次確實盯著我的下半身看，再次拉著我的褲子。

「唔，事情不應該是這樣的……！我只是想隔離你，藉此保護愛麗絲殿下而已啊……可、可是，身為貴族千金的我被硬逼著把屎把尿，還被命令要好好盯著看，換個角度想想這個狀況好像也還不壞……」

「喂，別說蠢話了，快點動手，已經沒時間了！不行，沒辦法了，我憋不住了！」

「等、等等和真，我現在就幫你處理！啊啊，真是的，要是這一幕被阿克婭或是惠惠看到的話……！」

就在達克妮絲說到這裡的時候。

我忽然覺得門那邊有視線，便看了過去，只見阿克婭以看似派遣家政婦的偷窺姿勢露出半張臉，不住顫抖。

「啊哇哇哇哇哇……沒想到達克妮絲跟和真在不知不覺間發展成這種不可告人的關係了……我這就去公會跟大家宣傳一下！」

「「等一下！」」

「——呼。幸虧有妳救了我啊，阿克婭。我差點就要被這個女色狼逼到尿床了。」

由阿克婭用魔法解除了魔道具的束縛之後，我解放完，回到房間，只見哭喪著臉的達克妮絲不住嘟囔。

「嗚嗚……我、我才不是女色狼……」

「達克妮絲也不是今天才變成女色狼所以是無所謂啦，不過你們到底在玩什麼啊？」

「阿、阿克婭！」

達克妮絲不知為何大受打擊，不過我沒有理會這樣的她，說明起事情的經過。

「之前愛麗絲不是寄信過來要委託我們當護衛嗎？結果不知道為何，達克妮絲反對我們接下這次的委託，所以打算把我綁起來關回她的老家，在那裡一面對我進行各種惡作劇，一面拖過委託的時間。」

「達克妮絲也真是的，這樣就不能怪和真說妳是女色狼了喔。」

「誰會對你惡作劇啊！……不過這次真的非常不妙。愛麗絲殿下的未婚夫是鄰國埃爾羅得的第一王子。那位王子相當難以取悅，要是你們還是平常那個調調，做出了什麼失禮的舉動，立刻就會演變為外交問題了吧。」

難以取悅的第一王子。

既然都聽說了這種事情，我就更得保護愛麗絲了。

這時，聽達克妮絲這麼說的阿克婭，眼睛變得閃閃發亮。

「埃爾羅得？妳剛才是不是提到埃爾羅得？她要去的是賭場大國埃爾羅得嗎？」

雖然不太懂，不過那個國家的名字似乎觸動了阿克婭的心弦。

賭場大國聽起來倒是滿開心的。

看見阿克婭比平常還要興致勃勃的模樣，達克妮絲的臉不住抽動……

「阿克婭，醜話說在前頭，我們是擔任護衛，所以到那邊去也沒辦法玩喔。對了，如果妳那麼想去埃爾羅得的賭場玩的話，下次我們大家一起去那裡旅行啊！不需要去那種地方工作，我們有足夠的存款，大可純粹去那裡玩！」

並且如此拚命說服阿克婭，但是從阿克婭的表情可以明顯看出她已經下定決心要去了。

我滿意地點了點頭說：

「好，看來阿克婭也贊成接下這次的委託對吧！那就等惠惠回來之後來表決一下好了。說是這麼說，但是最近我們既沒有接任務也沒有出遠門，我不覺得她會反對就是了！」

「嗚嗚嗚嗚嗚嗚……」

看著苦惱不已的達克妮絲，我露出信心十足的笑容。

3

「我不要。」

當天傍晚。

大概是去施展過每天必發的爆裂魔法了，被芸芸揹著送回來的惠惠儘管渾身無力，卻還是這麼說。

在我們討伐沃芭克回來之後，這個傢伙不知為何就特別愛唱反調。

爆裂散步也是，平常老是硬逼我陪她去，最近卻一直都是找芸芸跟她一起。

「居然說不要，妳這又是怎麼啦？平常妳應該會說要打倒未曾見過的強敵，第一個贊成才對啊。」

整個人深陷進沙發中的惠惠先是稍微注意了一下正在準備晚餐的阿克婭和達克妮絲所待的廚房之後，斜眼瞟了我一下。

「哪有怎麼樣。你這個男人真是的，平常明明怎麼叫都不肯工作，為什麼事情只要一和愛麗絲有關就欣然接受啊？」

見惠惠的發言格外低調，我故意挑釁她說：

「哦，怎麼，妳吃醋啦？」

然而，原本以為會像平常一樣勃然大怒的惠惠卻只是一直盯著我的臉看。

「是啊，我是在吃醋沒錯。我們之間都已經發生過那樣的事情了，你就不能多放一點心思在我身上嗎？」

「咦！……啊，是。」

惠惠表現得直截了當，絲毫沒有在調侃我的意思，反而是我不知為何，臉越來越燙。

那樣的事情，指的應該就是那天晚上我們差點跨越最後一道界線的事吧。

話說回來，這個傢伙是會說這種話的人嗎？

不知道該說是看開了還是拋開了束縛，感覺不再多有顧慮了。

「和真就那麼關心愛麗絲嗎？」

說著，惠惠一直注視著我，而我對這樣的她說：

「也、也不是啦，只是總覺得無法放任那個孩子不管。與其說是當成異性看待，她更像是一個受限於立場而壓抑自己，不敢耍任性，老是顧慮周遭的人卻又怕寂寞的妹妹，讓我很掛心。」

我是尼特沒錯，但不是蘿莉控。

我純粹只把愛麗絲當成可愛的妹妹看待。

當然她長大以後如果說著「我想當哥哥的新娘」，我也不是不願意實現她的心願啦。

因為惠惠的態度不同於預期而有些慌張，話越說越快的我在擔心自己的臉有沒有變紅之餘，仍然繼續說了下去：

「不過該怎麼說呢，如果惠惠不願意的話我還是想個別的方法好了。如果要去當護衛，我希望是大家一起去。雖然沒辦法和愛麗絲見面很可惜……」

「我們接下吧。」

這時，惠惠打斷了我的話，輕輕嘆了一口氣。

「因為那個孩子也讓我很掛心。剛才我只是有點吃醋罷了。」

「呃，喔。」

這種直接傳達過來的好感是怎麼回事？

我覺得耳朵附近超燙的。

正當我被年紀比自己小的女孩隨意擺布，想對自己越來越燙的臉施展「Freeze」的時候，達克妮絲和阿克婭端著餐點從廚房走了出來。

「惠惠，妳回來了啊。今天的晚餐相當豐盛喔！……怎麼啦，和真？你的臉好紅喔。」

「沒沒、沒有怎樣啦！對吧，惠惠！」

我因為臉紅被點了出來而不知所措，然而惠惠卻不同於這樣的我，只是處變不驚地對達克妮絲回以微笑。

為什麼這個傢伙可以表現得如此大方啊？搞得坐立難安的我像個傻瓜似的。

「要是惠惠早點回來的話，就可以看見很好玩的東西了說。達克妮絲把和真綁在床上，還想對他惡作劇呢。」

「哦？」

阿克婭說了多餘的話，讓惠惠突然有所反應。

「等等，阿克婭，我並沒有要對他惡作劇！我把他綁起來是事實，不過我剛才說明過了，那是因為……」

端著盤子的達克妮絲不斷偷瞄惠惠，觀察她的反應，同時連忙解釋那番狀況。

「哎呀～～要是阿克婭再晚一點點趕到的話，我的褲子就真的會被達克妮絲脫掉了。幸虧有妳救了我啊。」

「啥！」

但是在我補了這麼一句話之後，惠惠的眼睛發出紅光。

「……這個嘛，一年到頭都在發情的達克妮絲對什麼人做什麼事情都跟我沒關係，不過妳再怎麼說也是好人家的大小姐，像這樣強擄男人的行為實在讓人無法苟同啊！」

「不不不不、不對……！不是這樣的，惠惠，這事出有因啊！還有，希望妳可以不要說我一年到頭都在發情！」

達克妮絲連忙開始解釋，然而我們全都緊盯著放在桌上的菜餚一直看。

「怎麼，和真對這個很好奇嗎？不愧是和我一起吃遍美食的人，眼光果然相當不錯。沒錯，今天的晚餐是河豚，是河豚喔！而且還是人稱河豚之王的極樂河豚。毒素比起別的河豚是強上許多沒錯，不過這可是足以讓老饕們說出『若是能夠因為吃這個而死我可以』這種話的極品呢！唯有這種河豚的產季是這個季節喔。」

「這種河豚光是聽這名字，還真不知道是指味道還是指吃了以後的事情呢。話說回來，原來妳有調理河豚的執照啊。我從很久以前就知道妳是個多才多藝的傢伙，不過沒想到妳這麼厲害。」

我和惠惠趕緊在位子上坐好，以晶亮的眼神看著桌上的菜餚。

河豚生魚片、河豚火鍋、茶碗蒸。

加了看似加了河豚白子的小菜，還有放在烤爐上的河豚鰭。

那些菜餚光是用看的就令人垂涎三尺了，已經受不了的我忍不住伸出手……

「我怎麼可能有那種執照啊。如果覺得身體開始麻痺的話要記得告訴我喔，我會幫你們施展解毒魔法。」

「喂。」

就是因為這樣我才會覺得異世界隨便到令人討厭。

我把拿起來的茶碗蒸又放了回去之後，聽見身邊傳來稀哩呼嚕的聲音。

「好吃好吃。」

「妳吃什麼吃啊，那個沒有去除毒素耶！」

同樣拿起茶碗蒸的惠惠大快朵頤，吃得相當津津有味。

不對，不僅如此，達克妮絲也在不知不覺間在我的對面坐下，拿叉子叉著河豚生魚片吃了起來。

真的假的，她們都不怕嗎？

這個世界的居民都是仗著解毒魔法吃河豚的嗎？

這是個有魔法的世界，所以要說很合乎邏輯或許也沒錯啦……

在我的注視下，達克妮絲像是要報剛才被我整的一箭之仇似的，露出不懷好意的笑容。

「怎麼了，和真？身為一個冒險者，你卻害怕河豚毒嗎？我們有只論祭司的道行實屬一流的阿克婭在，到底有什麼好害怕的？」

「吶，達克妮絲。妳剛才是不是說了『只論祭司的道行』啊？」

「我沒說。」

達克妮絲一面這麼說，一面吃起其他菜餚。

我身旁的惠惠也盛了河豚火鍋裡的食材，一臉幸福地吃著。

…………河豚啊。

這麼說來，我還在日本的時候也沒吃過河豚這種高級料理呢。

「說的也是，姑且不論其他的，妳就只有恢復魔法實屬一流。好！」

「吶，和真。你剛才說了『不論其他』對吧。」

「我沒說……好吃！這是怎樣，超好吃的耶！」

立刻吃起河豚火鍋的我因為太過美味而驚叫出聲。

語彙量不多的我，完全只能一再用超好吃來形容。

看著我們的反應，阿克婭露出心滿意足的笑容。

「太好了，你們大家好像都吃得很開心的樣子。那些河豚原本是賽西莉準備用來招募新人入教用的東西。她想到了一個超棒的計畫，用河豚的吸引力來釣路上的人們上鉤，等他們吃了之後再以解毒魔法為誘因逼他們改信，但賽西莉好像就被警察先生帶走了。」

「妳們居然想這樣搞喔。我不是叫妳不要再和那個女人混在一起了嗎？」

不過話說回來，如果是因為她，我們才能像這樣吃到頂級河豚的話，倒是得感謝一番。

我開始吃起切成薄片的河豚生魚片，這時阿克婭也用烤爐烘烤河豚鰭，泡成魚鰭酒喝了起來。

拿河豚白子當下酒菜喝著酒的阿克婭，看起來既不像女神也不像女主角，只是一個普通的大叔罷了。

「對了，不是說河豚的內臟毒性特別強嗎？妳節制一點，可別吃太多了。要是我們開始感到麻痺，有危險的時候，會用魔法的妳卻動不了的話可就沒意義了喔。」

「你很笨耶，我身上穿的可是神器喔。是能夠讓有害的異常狀態失效的超強裝備。河豚的毒怎麼可能對我起得了作用啊。」

這麼說來，我之前好像聽她提過這件事。

我原本還擔心這個傢伙做事應該會有漏洞，不過這樣應該就沒問題了……！

——在我們大啖河豚料理好一陣子之後。

「呵呵呵，怎摸啦，和真。到我餓呃級戶，對毒哦抗性也相餓高呃……」

「妳這個傢伙，舌頭居然已經麻痺到連話都說不清楚了。」

看見狂吃危險部位的達克妮絲說話開始大舌頭，我心想差不多該叫阿克婭施展解毒魔法了。就在這個時候——

忽然，有個重物倒在我身上。

我看了過去，發現是滿臉通紅的惠惠。她在大家面前把頭靠在我的肩上，像是在對我撒嬌似的……

「等等，喂，阿克婭！餓下不妙哦……不行，我也開唬啊和喉哦……」

這時，在看向阿克婭的瞬間，我感受到一陣涼意。

阿克婭趴倒在桌上，臉貼著桌面。

這個傢伙的神器是怎麼了，那不是可以讓毒素失效嗎！

發現這個事態的達克妮絲連忙抱起阿克婭，結果……！

「呼嚕——」

「妳餓個傢伙，居南這摸快就喝醉惹哦！醒醒啊！給我洗崖——！」

4

隔天早上。

「吶，和真，你真的要接愛麗絲殿下的委託嗎？我就直說了。就算不論你無禮的態度，以我們的實力接護衛任務肯定會失敗。會因為吃河豚吃到差點滅團的小隊，大概也只有我們了吧？」

「昨天那個不是冒險中的失敗所以不算數。我們可是這個世界上打倒最多魔王軍幹部的，阿克塞爾第一的小隊。任何人都沒有資格挑剔我們。」

昨天晚上差點因為食物中毒而滅團的我們，已經做好前往王都的準備，來到阿克塞爾的瞬間移動服務處。

後來我們是趕緊衝進艾莉絲教會才得保平安，但我已經不想再吃河豚料理了。

「阿克婭去寄放爵爾帝和點仔也太久了吧。是不是發生了什麼事啊？」

我們現在在等阿克婭，她去維茲的店託他們照顧我們家的寵物了。

那個傢伙該不會又在和巴尼爾吵架了吧。

正當我這麼想的時候，揹著行李的阿克婭來了。

「我把那兩個孩子確實託付給他們了喔。壞心面具看見點仔就莫名其妙地說起什麼『喔喔，吾只是稍微沒注意一下而已，竟發生了如此有趣的事情啊！呼哈哈哈哈哈！』之類的還亂摸牠的頭，不過應該沒問題吧。」

有趣的事情是什麼啊？

牠長大了之後果然會變成那位大姊姊嗎？

這件事也讓我好奇到不行，不過現在沒空管這個了。

「妳們等等，瞬間移動服務處就交給我來談。我很久以前就想對這間店抱怨幾句了。」

「抱怨幾句？你和這裡的老闆起過什麼爭執嗎？」

達克妮絲狐疑地這麼問，但我沒有回答，只是打開瞬間移動服務處的門。

回想起幾個月前。

事情發生在我和我的妹妹愛麗絲硬是被拆散，而我打算偷偷去見她的時候。

「嗨，大叔，我又來了！我們要瞬間移動去王都，麻煩啦。」

「歡迎……等等，你不是被列入黑名單的佐藤和真嗎！居然又來了，你還學不乖嗎，都說你沒有前往王都的瞬間移動許可了！」

聽見我們的對話，達克妮絲傻眼地表示：

「你、你這個傢伙是想趁我不注意的時候跑去見愛麗絲殿下吧。」

「對啊。大概是那個叫克萊兒的貴族偷偷動了什麼手腳吧，所以我沒辦法瞬間移動到王都去。不過現在不一樣了。大叔，你看這個！這是王家寄給我的邀請函，是正式文件喔，可別弄髒了。」

說完，我秀出愛麗絲寄給我的信，瞬間移動服務處的老闆便露出一臉嫌惡的表情。

「那是真跡嗎？該不會是找人偽造的吧？你之前才威脅過我，說你跟達斯堤尼斯家的關係很好，忤逆你的下場不堪設想啥的耶。」

「喂，和真，你過來一下，我有話跟你說。」

「我拒絕。喂，大叔，這位正是達斯堤尼斯家的大小姐。看清楚，你既然是住在這個城鎮的人應該有印象吧？我沒說謊吧？」

我一邊抗拒著用力拉我的手的達克妮絲，一邊這麼問，只見老闆的臉色越來越蒼白。

看見老闆的反應，達克妮絲拚命把我拖到店裡的角落去。

「由不得你拒絕！吶，和真，你應該沒有在外面打著我的名號招搖撞騙吧？你沒有濫用我們家的權力做什麼壞事吧？」

「有一次我和阿克婭去高級餐廳，因為服裝被嫌棄差點被趕出來的時候用了妳的名字，就只有這樣而已。」

「我是在重建阿克西斯教團的教堂時沒有任何一位木匠大叔願意接這個工程，所以就說『你們對阿克西斯教團這麼不好，小心我向達克妮絲告狀喔』，就只有這樣而已。」

「我是去商店街買晚餐要吃的配菜時會說『這是拉拉蒂娜大小姐要吃的東西，所以麻煩給我最好吃的部位』，就只有這樣而已。」

聽我們這麼說，達克妮絲當場癱坐在地上。

她雙手掩面，不知道是在強忍淚水，還是在遮掩自己的害羞。

老闆先是以憐憫的眼神看著這樣的達克妮絲，然後客氣地對我們說：

「看這個反應我也知道您真的是達斯堤尼斯家的人了。那個，既然是王家的委託，那麼費用也不用各位負擔……」

「喔，謝啦。」

「我付！費用我會確實支付，我不能再給庶民添更多麻煩了！」

打斷了一副理所當然地想要接受好意的我，達克妮絲跳了起來，拿出錢包。

「喂，和真，這次任務結束之後我有很多事情想問你，你給我記著。還有在那邊裝得一副和自己無關的阿克婭跟惠惠也是！」

達克妮絲一邊付錢給老闆一邊碎碎唸，而我們三個圍著這樣的她，將她推進魔法陣裡。

「真是一個腦袋頑固的大小姐啊。我們是隊友，也是一家人對吧？應該互相扶持，在碰上麻煩的時候互相幫忙嘛。就算妳是貴族，我也不會改變態度和對待妳的方式，更不會放在心上。這樣才叫夥伴。妳也一樣，要是碰上什麼麻煩的話，也可以打出我這個阿克塞爾第一冒險者的名號喔。」

「就是說啊，達克妮絲。如果妳需要阿克西斯教團的名聲，隨時都可以告訴我。我會幫妳喔。」

「一開始達克妮絲表明自己是貴族的時候我是有點嚇到，不過現在達克妮絲在我的心目中就是達克妮絲。妳想借助紅魔族之力的時候也可以隨時跟我說喔。我至少能幫妳寫信給村裡的大家。」

聽我們紛紛這麼說，達克妮絲瞬間露出害羞又開心的表情。

「你、你們……！……嗯？不對喔，等一下，這樣還是不對啊！應該說，我不覺得自己會碰上需要打出你們的名號，或是借助阿克西斯教團和紅魔族的力量的時候啊……！」

在達克妮絲大吵大鬧地說這種讓人摸不著頭緒的話的同時，我們在魔法陣裡面等待瞬間移動開始。

就在這時——

「吶吶，和真，你知道嗎？用瞬間移動魔法進行傳送的時候，有極低的機率會發生意外喔！像是和不小心闖進瞬間移動魔法陣的其他動物混在一起之類的！聽說狼人啊，或是拉彌亞啊，都是因為這樣才產生的喔！聽說是這樣喔！」

大概是想嚇唬我吧，阿克婭突然這麼說，不過……

「那下次我抓個三隻哥布林還是什麼的和妳一起傳送出去好了。如果順利混在一起的話，我想應該可以稍微提升妳的智力吧。」

「你說什麼啊，混帳尼特！你才應該跟勤勞的螞蟻一起傳送，改善你的尼特體質啦！」

「不、不好意思……再這樣下去真的會發生傳送意外，請不要在魔法陣上面亂動……」

一臉困惑的老闆畏畏縮縮地這麼說的同時，我做出出發的指示。

「好了，大叔。送我們去王都吧！」

之前我接下的重大委託，全都是受到波及或是情勢所逼。

但是，這次可不同了。

這次是為了貫徹我自己的意志，絕對不會把我的寶貝妹妹交給某個連長得怎樣都不知道的王子。

「等、等一下……！」

不顧還想抱怨的達克妮絲，老闆對我們詠唱了魔法。

「『Teleport』！」

第二章

對不諳世事的閨女們施加教育！

1

被瞬間移動魔法送到王都來的我們，來到睽違已久的王城前方。

兩名門衛站在王城前面，眼神看來似乎把我們當成可疑人士了。

「站住！閒雜人等不得再往前走了，這裡可不是冒險者可以隨便靠近的地方！」

面對擺出高壓態度的士兵，我把愛麗絲寄給我的信像官印般高高舉起，秀給他們看。

「我是接受愛麗絲公主的委託，遠從阿克塞爾來到這裡的冒險者——佐藤和真。」

看見有著王家徽章的信封，兩名士兵臉色大變，立正站好。

「這、這真是太失禮了……！我立刻去請示上級，請幾位稍候！不知道方不方便將那封信交給我呢？」

「嗯，拿去吧。」

我對畢恭畢敬的兩名士兵擺出有點跩的態度，立刻被達克妮絲從旁捶了一下。

確認那封信的士兵看了一下裡面的信紙，歪頭疑惑了一下。

「哎呀，裡面的信紙好像破了，這是……？」

「沒有啦，那個你不用管！你也知道，幹冒險者這行的會碰上很多狀況對吧？你懂的，像是怪物啊什麼的！」

「喔喔，原來如此……那麼，請幾位在傳達室這裡稍候。」

我總不能老實說是一氣之下把王家寄給我的信撕破了，所以隨便敷衍了一下之後，就在其中一名士兵的帶領之下來到傳達室。

在大家各自坐下的時候，領著我們進來的士兵帶著閃閃發亮的眼神，告訴我們王都最近的熱門話題。

「——說到佐藤和真先生，就是最近在王都也開始聲名大噪的那位對吧？聽說你在上次的大戰當中，輔佐在最前線的要塞擔任指揮官的達斯堤尼斯大人，帶領我軍得到勝利。以頭腦靈活，還能擅用無數技能的隊長和真先生為首，加上身為十字騎士的達斯堤尼斯爵士、以魔力驚人著稱的大法師，還有一位水泥工匠，大家都說這支小隊相當厲害呢。」

「吶，美麗的大祭司好像被當成不存在了耶。」

再怎麼說，我們也是葬送了最多魔王軍幹部的小隊。

不如說，之前我們沒有聲名遠播還比較奇怪。

「目前隊員當中大家知道名字的好像只有和真先生和達斯堤尼斯爵士而已，難道那位就是傳說中連爆裂魔法都能夠運用自如的那位大魔法師嗎？據說妳在戰場上大放異彩，卻不知為何都沒有人提到妳的名字，所以大家都說妳應該是個不想站在聚光燈底下，謙遜又神祕的人物……」

聽士兵這麼說，惠惠的臉色微微泛紅，嘴角也微妙上揚，卻還是裝出一副深謀遠慮的魔法師的模樣，平靜地回答：

「……是喔，大家是這麼說的啊？這個嘛，要說我謙遜或許也可以算是謙遜吧。畢竟，我把冒險當中得到的金錢全都交給和真處理了。」

「吶，大家也沒提到我的名字耶，都沒提到世界聞名的我的名字耶。」

我想惠惠的名字沒有人提應該是基於別的理由，不過謙遜又神祕這樣的讚美似乎讓她開心到飛上了天，讓她完全忘記了那個理由。

士兵似乎對惠惠這樣的態度感到非常佩服，眼神變得更加閃亮了。

「太、太了不起了，妳的意思是對金錢和名聲都沒興趣嗎！」

「呵……吾之心願唯有窮究魔法之真髓。在身為隊長的和真無論如何都想央求吾之力量時，我是這麼回答的：『吾之欲求只有最低限度的餐費與雜費，以及能夠正確發揮吾之力量，大展所長之處』……！」

「喔喔喔喔喔喔喔喔！」

這傢伙明明就是在差點被我丟出小隊的時候自己說只需要分餐費和雜費給她就好，哭著求我不要拋棄她，現在居然敢這麼說。

就在這個時候。

「啊啊！居然真的來了！」

門開著沒關的傳達室入口傳來悲痛的叫聲。

出現在那裡的是把兜帽拉得很低，似曾相識的魔法師。

她是負責指導教育愛麗絲並擔任護衛的貴族千金，蕾茵。

「『居然』是怎樣，太過分了吧。是愛麗絲叫我，我才特地過來的耶。照理來說，應該是你們要辦個表揚典禮或晚宴之類的，來讚揚又打倒了一個魔王軍幹部的小隊才對吧？」

「嗚……這、這個嘛……」

蕾茵似乎也是心裡有數，只見她有點尷尬地別開視線。

不過那也只有一瞬間，她立刻抓住坐在我身旁的達克妮絲的手。兩人走出傳達室之後，一面不停偷瞄我，一面窸窸窣窣地不知道在說什麼。

『達斯堤尼斯大人，我不是請您想辦法讓他放棄這次的委託嗎！要是將愛麗絲殿下交給他的話，肯定會演變為外交問題……！』

『我知道，我也努力試過了，但他的抵抗出乎意料地激烈。所幸那個男人認為我已經死心了，所以現在相當大意。我打算在抵達鄰國的首都之後對他下藥，讓他睡過愛麗絲殿下停留在鄰國的那段期間。』

『喔喔，不愧是達斯堤尼斯大人！既然是這樣我就放心了！』

……她們兩個居然在打這種壞主意。

是說達克妮絲試圖綁住我，也是出自國家的委託啊。

至於我為什麼能夠理解她們兩個的密談，是因為……

「你怎麼了，和真？怎麼一直盯著她們兩個的臉看啊？」

「喔喔，我是在確認最近學會的技能的狀況如何。」

沒錯，是「讀脣術」這個新技能的功勞。

這是指要看對方的嘴型就可以大致看出對話內容的新技能。

我會學這個技能，原本只是因為閒到發慌想在冒險者公會裡面偷聽大家的對話，其實沒什麼太大的意義，沒想到這招相當好用呢。

這時，傳達室外面突然傳來一陣騷動。

「佐藤和真！聽說佐藤和真來了，是真的嗎！」

這個同樣似曾相識的聲音，屬於我稍微有點怕的一位女性。

我心想不知道發生了什麼事，轉過頭去，便看見老是穿著一身白套裝的大貴族，擔任愛麗絲護衛的克萊兒衝進房間裡面來。

克萊兒一看見我，便不發一語地抓住我的手臂，把我拖到房間的角落去——

「——喔，怎樣啦，白套裝。連妳也反對我擔任護衛嗎？」

我帶著戒心這麼說，但克萊兒彎下身子，壓低聲音說：

「不准叫我白套裝，無禮之徒。不過你這次來得好，我要向你道謝。」

……

「現在吹的是什麼風啊，妳居然會向我道謝？到底是有什麼企圖？」

她的態度讓我更加提高了警戒。

「我沒有任何企圖……不，要說有企圖的話也沒錯。喂，這個東西給你。」

說著，克萊兒將她掛在胸前的，刻有家紋的項鍊交給了我。

那應該是達克妮絲平常也戴在身上，貴族用來證明身分的重要物品才對。

「……說真的，妳到底是怎麼了？雖然妳平日用那種態度對待我，但其實愛上我了嗎？

不過很遺憾的，我最近和某個女生處得很好。身為一個誠懇的男人，我無法接納更多女人了。抱歉，請妳死心吧。」

「你是白痴嗎，為什麼會這麼以為啊！而且我什麼都還沒說，為什麼非得要就這樣被你甩掉啊！」

突然激動起來的克萊兒因為自己的大嗓門而回過神來，立刻環顧四周並冷靜了下來。

「不是這樣的，我覺得唯有這次可以和你合作。之所以會這麼說，是因為這次的見面有很多政治上的考量……不過，打從一開始，在討論到這些因素之前，愛麗絲殿下的婚約本身我就是反對的。」

「好，妳就告訴我詳情吧。」

見我準備認真聽她說話，克萊兒便從懷裡掏出一樣東西。

「愛麗絲殿下的對象是鄰國的第一王子。不過，或許是因為從小嬌生慣養吧，這個傢伙是個非常任性的小鬼。與生俱來的戰鬥才能也遠遠不及愛麗絲殿下，外貌也不可能配得上這個世界最為可愛又美麗的愛麗絲殿下。而且，鄰國埃爾羅得很瞧不起我國。要是愛麗絲殿下嫁過去，一定也會在背地裡被鄙為鄉巴佬，遭受到相當過分的對待……所以說，我要把這個東西交給你。」

說著，眼神變得陰沉的克萊兒的給我一個黑色的紙包。

「這是什麼？」

「是貴族在葬送政敵時會用到的，受到管制的劇毒……」

我一接過來就立刻丟掉那個東西。

「混帳，你知道我為了弄到那個東西花了多少錢嗎！」

「竟然想把我塑造成刺客！要破壞婚約的話我樂意幫忙，不過我可沒打算成為棄子！我看妳是覺得順利的話可以在抹殺那個傢伙的同時也將我從社會上抹殺掉吧！」

克萊兒輕輕嘖了一聲。

「沒辦法了。既然如此，除了護衛任務之外，我還有一件事情想委託你。只要有我剛才交給你的項鍊，就能夠在某種程度上自由行使我詩芳尼亞家的權力。唯有這次，我們家可以成為你的後盾。絕對不可以將愛麗絲殿下交給那種沒用的傢伙，你無論如何都要破壞這樁婚事。」

「如果是這樣的話我很樂意幫忙。我豈能讓愛麗絲遭逢不幸。包在我身上，既然對方是個自大的死小孩，我用盡手段也要阻撓這樁婚事。」

聽我如此秒答，克萊兒的表情瞬間亮了起來。

「看來我之前都誤會你了。請讓我為之前的無禮道歉，愛麗絲殿下就交給你了。」

「沒什麼，我才應該為很多事情向妳道歉。看來妳對愛麗絲的心意是貨真價實的。或許妳看不出來，不過我可是一路走來對抗過諸多強敵的男人。這點小事輕而易舉。」

總是為了愛麗絲而多有爭執的我們，在這一刻和解了。

我和克萊兒對彼此伸出右手，緊緊握住對方的手。

「現在這個當下，我覺得你比任何人都還要可靠。畢竟我無法離開這個國家，所以全交給你了喔。報酬保證不會少給。」

「站在我的立場，能夠得到像妳這麼強大的後盾也讓我相當感恩。至於報酬，在我順利完成任務之後，如果妳願意和我一起喝酒，同時告訴我愛麗絲小時候有多麼可愛的話，那就夠了。」

「真是個清心寡慾的男人啊。到時候我願意陪你聊到天亮，讓你知道幼小時的愛麗絲殿下蘊藏著何等驚人的破壞力。」

就在我們像這樣不顧旁人的眼光，對著彼此歡笑了好一陣子之後……

「你們兩位聊得還真是開心呢。」

突然聽見這個有點落寞的聲音，我轉過頭去。

在傳達室的入口，一名像是怕生般忸忸怩怩的少女探出頭來，偷看著我們這邊的狀況。

那就是愛麗絲公主本人。她在和我對上眼神的瞬間，靦腆地笑著說：

「好久不見了，兄長大人。我等你好久了……！」

2

被帶到王城後方的我們，站在一輛看起來樸素，但結構相當堅固的馬車前面。

不對，正確說來，那並不是馬車。

原本應該有車輪的地方什麼都沒有，而且用來拖車的也不是馬。

「是奔跑蜥蜴耶！和真，奔跑蜥蜴，是奔跑蜥蜴耶！」

惠惠興奮地拉著我的衣袖說。

沒錯，繫在那輛看似馬車的交通工具上的，是兩隻奔跑蜥蜴。

很久以前，我們也接任務討伐過的那種看似傘蜥蜴，用兩隻腳移動的怪物們。而此刻牠們正看著我們放聲大叫。

「啾啾啾咿——！」

聽見長相可怕的怪物發出可愛的叫聲，阿克婭和惠惠的眼睛閃閃發亮。

「嗯？要搭王家的龍車嗎？我聽說這次見面是不公開的行程，難道不是嗎？」

看見龍車，達克妮絲如此發問。

「普通的馬車太花時間了。這趟旅程以一般的手段移動的話得花上十天，不過搭乘這輛王家特製的龍車就可以大幅縮短時間。」

說著，克萊兒嘴裡唸唸有詞，然後把手放在龍車上。

接著，龍車便飄了起來，停在距離地面數十公分高的地方。

原來如此，沒有像馬車那樣的車輪是因為這樣啊。

這樣一來，奔跑蜥蜴在拉車的時候幾乎不會產生任何阻力，感覺確實是很快。

「要是有十天以上的時間見不到愛麗絲殿下的話，我可能會瘋掉。搭普通的馬車來回得花二十天以上，這教我怎麼忍受得了啊。」

「乾脆妳也一起來不就好了？」

有點傻眼的我這麼說，但克萊兒心有不甘地臭著臉表示：

「剛才不是才提到這次是不公開的行程嗎？要是跟了太多隨扈，大家一看就會發現是不知道哪裡來的貴族。所以龍車的外觀也改得比較樸素。而且，我在這個國家也是身居要職，負責的工作當然也很多，再怎麼樣也不能離開本國那麼多天。」

這種傢伙身居要職，還真是讓人擔心這個國家的未來啊。

這時，達克妮絲坐到車夫座上，拉起繫在奔跑蜥蜴們身上的韁繩。

沒想到車夫竟然是達克妮絲。

不愧是貴族，駕馭馬匹對她而言駕輕就熟。

雖然要駕的不是馬，不過達克妮絲表示沒問題。

這個傢伙那麼笨拙，讓她手握韁繩讓我有些許的不安就是了……

這次擔任愛麗絲護衛的，好像只有我們。

要是有一堆死腦筋的傢伙跟著我們去的話，他們可能會罵我，或是要我不准輕易接近愛麗絲，所以就這方面來說我是很慶幸。

這時，或許是在我們抵達之前就已經做好旅行的準備了吧。

愛麗絲一副已經等不及的模樣，裝備著很像王族會穿的鎧甲和閃閃發亮的劍，就這麼坐進龍車裡。

「兄長大人，請過來這邊坐！我旁邊的位子還空著，我們在路上就像以前那樣一起玩遊戲吧！」

「哦？愛麗絲真的很黏哥哥呢。好——哥哥會卯起來玩喔！」

坐進龍車的愛麗絲指著自己身邊的位子，招手示意要我過去。

看來我們這麼久沒見，害得她相當寂寞的樣子。

總覺得她好像比我們最後分開的時候還要黏我了。

這時，後來才坐進來的惠惠把臉湊到愛麗絲面前。

「喂，妳這個基層人員居然想搶最好的位子，未免太不知分寸了！車夫座後方的位子視野最好，應該讓給我才對！否則我就再也不會來找妳玩了喔！」

「太、太奸詐了！這個和那個是兩回事，今天的我不是基層人員而是公主殿下！地位崇高！車夫座後方的這個位子我不會讓的，無論如何妳都想坐這裡的話就跟我一決勝負吧！」

還以為她們很久沒見面了，沒想到突然扭打在一起，但克萊兒和蕾茵的反應卻像是已經見怪不怪了似的，一臉傷腦筋的樣子。

「……吶，達克妮絲，妳們是不是瞞著我，自己偷偷和愛麗絲見面啊？總覺得惠惠和愛麗絲的交情好像在我不知道的狀況下變得很好呢。」

「沒、沒有啊，並沒有這種事情……而且對我而言，惠惠稱呼愛麗絲殿下為基層人員比較讓我好奇就是了。」

兩人撇開對她們的狀況感到狐疑的我們，似乎已經決定好座位的分配了。

「那麼，坐車夫座後面的就是我和愛麗絲了。」

「好，這一路上我可不會輸給妳。這場遊戲誰贏了就要聽誰的命令！」

怪了？

「吶，妳們不是為了爭我身邊的位子才要一決勝負嗎？為什麼事情會變成這樣？」

順道一提，龍車是四人座。

裡面前後各有一排兩人座的椅子。

「我要坐達克妮絲旁邊。因為我想在最前面欣賞路上的景色。」

阿克婭被旅途中的景色所吸引而想坐車夫座，所以只剩下我一個人了。

奇怪，這樣真的不太對吧？

我的旅行怎麼瞬間變成黑白的了？

正當我滿懷不滿地坐進龍車的時候，克萊兒跑到愛麗絲身邊。

「愛麗絲殿下，東西都有帶到嗎？手帕帶了嗎？有帶零用錢以備不時之需嗎？遇到緊急情況時，就把我給您的那些卷軸和魔法道具都拿出來用，千萬別省喔。覺得寂寞的時候還請您不要哭……」

「克萊兒，我已經不是小孩子了，不要緊的。妳再不放開我的話，我們無法啟程……」

這時，等在後面的蕾茵將緊緊抱著愛麗絲不放的克萊兒拉開。

「那麼，愛麗絲殿下，請您量力而為，好好保重。祝您旅途愉快！」

「佐藤和真，愛麗絲殿下就拜託你了！冒犯愛麗絲殿下的無禮之徒儘管即刻問斬也無所謂！……愛麗絲殿下────！」

在兩人的目送之下……

「再見了，妳們兩位，我去去就回來！」

愛麗絲揮了揮手，達克妮絲便鞭策蜥蜴，讓牠們奔跑了起來——

3

這次的任務有一半是旅行，是一趟悠閒的龍車之旅。

曾幾何時，我是這麼想的。

「哇啊啊啊啊啊啊和真先生——！和真先生——！我想跟你換位子！我好害怕喔！」

「喂，這樣不會太快了嗎！太快了吧，已經快到只要出點小車禍就會當場死亡了吧！」

阿克婭因為奔跑蜥蜴的速度太快而嚇得尖叫，我也在她的尖叫聲中如此大喊。

離地飄浮的龍車幾乎沒有任何阻力，被奔跑蜥蜴拖著，以驚人的速度狂奔。

「放心吧，和真。王族的龍車設有強大的結界。萬一發生了車禍，會撞毀的也只有車夫座而已。哈哈哈哈，太棒了！這些奔跑蜥蜴真是太棒了，很好，再跑快一點！」

「別這樣！吶，讓我回龍車裡面吧！」

在阿克婭因為聽莫名興奮的達克妮絲那麼說而如此哭喊之際，愛麗絲和惠惠像小朋友一樣嬉鬧著。

「和真和真，剛才有看起來很像蠍獅的生物在交配耶！」

「在、在哪裡？我也想看蠍獅！」

不知道是因為外面的景色瞬息萬變而顧不得遊戲了，又或是第一次像這樣旅行。眼睛閃閃發亮的兩個小朋友爭先恐後地貼著車窗，望著外面的景色。

「妳想看的不是蠍獅而是交配吧？真是的，貴族千金想對和真惡作劇、王族又是悶騷色狼，這個國家真的沒問題嗎？」

「王族才不是悶騷色狼！……是說，想對兄長大人惡作劇的貴族千金指的是誰啊？該不會是……」

被從剛才開始就興奮不已的兩個小朋友盯著看，車夫座上的達克妮絲不禁面紅耳赤。

「吶，如果在這種速度下碰見怪物，要是撞上去了怎麼辦！要是尊貴的我撞成肉餅的話這個世界就完蛋了喔！吶，達克妮絲，妳有在聽嗎！」

「放心吧，阿克婭。這輛龍車上裝了驅趕怪物的魔道具，所以不太可能碰上有怪物衝出來的狀況。沒錯，除非運氣真的太差，否則不會有問題的……」

「吶，和真，達克妮絲插旗了！求求你，讓我進去龍車裡面啦！」

——喧鬧成這樣實在很不像是保護王族的旅行，不知道接下來是不是每天都會這樣。

是說，到了現在我才想到，我們真的有辦法做好護衛的工作嗎？

事到如今我才因為一絲不安而焦躁了起來，但這樣的憂慮隨即就被拭去。

『Extelion！』

在愛麗絲吶喊的同時，光輝燦爛的斬擊從她手上的劍飛射而出。

看起來就像漫畫或遊戲當中會出現的勇者必殺技的那招，將阻擋在我們前方的巨大牛型怪物砍成兩半。

不知道是不是因為達克妮絲插旗害的，一群怪物擋住了主要幹道。

再怎麼說我們也不能直接撞進怪物群裡，所以我們停下龍車，下車準備驅除怪物。到此為止是沒有問題啦……

我對一旁的達克妮絲招了招手，示意要她過來。

「吶，愛麗絲為什麼那麼強啊？再說了，這樣根本就不需要我們了吧？」

「愛麗絲殿下可是王族耶。王族和部分位高權重的貴族，從很久以前就廣納強大的勇者們的血統來大幅提升潛在能力。以此為基礎，又在所有的領域上接受最棒的教育。再加上不惜血本食用經驗值豐富的高級食材來提升等級，戰鬥的時候用的又是繼承自勇者的強大裝備。陛下和第一王子現在都還在最前線戰鬥呢，你不知道嗎？」

誰會知道那種事情啊？而且乾脆就直接讓王族去打倒魔王好不好啊。

我就覺得很奇怪，護衛怎麼會只有我們。

正當愛麗絲強到讓我有點嚇到時，笑容滿面的愛麗絲把劍抱在胸前，衝到我身邊來。

「我打得好嗎，兄長大人！我很努力喔！」

見愛麗絲看著我，一臉想要我稱讚她的樣子，讓我覺得很多事情都無所謂了。

「不愧是我的妹妹。雖然還不及葬送眾多魔王軍幹部的我那麼厲害，不過這樣已經強到可以給妳及格分數了。就照這樣一路打下去吧。」

「我不知道兄長大人的那股自信是從哪裡來的，不過打頭陣的工作就交給我了！我要用祖先代代流傳下來的這把神器掃蕩攻向我們的怪物給你看！」

這個孩子剛才提到了神器對吧。

「吶，那把是什麼劍啊？看起來好像貴到不行，而且還非常閃亮。」

「這把劍嗎？這是叫作什麼什麼『Calibur』的國寶。好像是能夠保護持有者免受任何異常狀態和詛咒的神器喔。我是看劍鞘很漂亮，所以才向父親大人撒嬌要來的。」

我覺得我好像知道那把叫什麼什麼「Calibur」的劍。

我記得之前我死掉的時候，惠惠好像在我身上寫過類似的塗鴉。

應該說，那是在地球上幾乎可以說是無人不知，無人不曉的知名聖劍耶。

而且啊，那種東西不交給在前線戰鬥的勇者而是落到公主的手上，這樣對嗎？

這時，沒了表現機會的惠惠，不知為何卻顯得很開心，對笑咪咪的愛麗絲說：

「雖然只是個基層人員，但真不愧是我的左手呢。找到怪物的時候，妳就像這樣衝鋒陷陣吧。」

「好，包在我身上！」

不對吧。

說什麼包在我身上，護衛是我們耶，不能讓愛麗絲衝鋒陷陣吧。

「吶，惠惠，妳一下叫她左手，一下叫她基層人員，到底是什麼意思啊？妳是不是瞞著我在做什麼奇怪的事情啊？總覺得有種不祥的預感，妳和愛麗絲只有書信往來而已對吧？」

「才不是什麼奇怪的事情呢，真沒禮貌，我們的所作所為都是正義之舉。而且，目前我只是和左手、右手一起找了一個根據地，擴張地盤而已。等到我們變成更巨大的組織之後，再讓和真加入好了。」

換句話說，她們幾個朋友聚在一起建造祕密基地玩耍是吧。

這個傢伙總是有像這樣孩子氣的一面呢，明明在我們兩個獨處的時候偶爾會做出讓我心跳加速的舉動……

4

前往鄰國之旅第一天。

老實說，我完全沒想到愛麗絲會強成這樣。

天色開始變得昏暗，所以我們決定開始準備野營，離開了龍車。

「不愧是愛麗絲殿下。沒想到您已經強成這樣了，可見您非常努力呢。」

在這段路上一遇見怪物就全都立刻被愛麗絲葬送，而達克妮絲就像是為了妹妹的成長而開心的姊姊一樣，對愛麗絲露出溫柔的微笑。

沒錯，我們明明接了護衛任務，卻完全沒有出場的機會。

不，這樣很輕鬆，我也覺得很不錯啦。

這樣是很不錯，但該怎麼說呢，總覺得像是身為哥哥的威嚴之類的東西會就此崩潰……

聽達克妮絲這麼稱讚她，愛麗絲瞇起眼睛，帶著懷念的表情說：

「這麼說來，以前拉拉蒂娜也鍛鍊過我呢。都是因為當時的成效，現在的我才能變得這麼強。我很感謝拉拉蒂娜。」

「呵呵，不敢當。」

愛麗絲害臊地靦腆一笑，達克妮絲也帶著微笑，對這樣的她行了臣下之禮。

……

「可是，我記得妳說過達斯堤尼斯家是保護王家的一族對吧？但妳今天是被保護的那一個，完全沒有派上用場呢。」

「！」

我不經意地說出的這麼一句話，讓達克妮絲的表情一僵。

「你你、你在說什麼啊。我只是覺得今天遇見的那些怪物的程度正好讓愛麗絲殿下做實戰練習才會……！」

達克妮絲難掩動搖，而愛麗絲為了袒護這樣的她也連忙表示。

「兄長大人，拉拉蒂娜是緊急情況時的王家守護者。是我國的鎧甲，我國的盾。那種小事不需要拉拉蒂娜出馬，我相信在我碰上危機的時候，她一定會挺身上前幫助我！」

「愛、愛麗絲殿下……！」

感動到不行的達克妮絲緊緊抱住愛麗絲，任由愛麗絲摸她的頭安慰她。

達克妮絲剛才還像個姊姊一樣為了愛麗絲的成長而感到高興，現在卻讓人搞不懂哪邊是姊姊，哪邊是妹妹了。

丟下依然難搞的達克妮絲，我們開始準備野營。

仔細想想，對於平常不太出遠門的我們而言，這還是第一次正式的野營。

之前無法以護衛的身分好好表現，現在為了恢復身為哥哥的威嚴，我得率先搭起帳篷，準備晚餐才行。

正當我因為有點像在露營的感覺而興奮不已的時候，達克妮絲的心情似乎已經好轉，並拿出某種看似魔道具的東西。

「那麼我要進行住宿的準備了，愛麗絲殿下，請後退。」

說著，她朝寬闊的空地拋出四角形的物體。

於是，在那個物體瞬間發光的同時，寬闊的空地上冒出一棟略小的貴族宅邸。

「……這是什麼？」

「這有什麼好疑惑的，難不成你想讓尊貴的公主露宿野外嗎？這是國家保管的最高級魔道具之一，是備有驅趕怪物的結界又方便攜帶的……」

「不需要那種說明了啦！說真的，這樣根本不需要我們吧！」

我忍不住吐嘈針對魔道具開始說明的達克妮絲，不過用這個肯定比睡帳篷好上許多。

走進那棟連龍車小屋都貼心準備好的宅邸之後，我們放下行李，開始休息。

——作為最低限度的抵抗，我堅持由學了料理技能的我本人來準備晚餐。

其他人現在為了決定自己的房間，正在這棟魔法宅邸裡面探索。

愛麗絲貴為公主，平常一定吃慣了奢華的料理，所以對於堪稱美食的菜餚一定吃得很膩了吧。

既然如此，還是煮些愛麗絲平常應該吃不到的東西比較好。

我在尋找料理材料的同時，確認著廚房的狀況。

這棟宅邸明明是建在這塊沒有自來水管也沒有下水道的空地，但是扭開水龍頭還是有水流出來，沒天理到害我稍微有點惱怒。

「兄長大人，有沒有什麼我可以幫忙的事情呢？」

這時，突然有人從背後對我這麼說。

我轉過頭去，看見愛麗絲從廚房門的後面探出頭來。

「我哪能讓公主殿下幫忙煮飯啊？現在是我展現廚藝的時候，妳乖乖等我煮好吧。」

「就算是公主也可以幫忙煮飯！應該說，在王城裡的話，無論我怎麼央求，我都不可能下廚。大家只會說那種事情交給下面的人去做就好……」

見如此表示的愛麗絲變得垂頭喪氣，讓我冒出一點罪惡感。

也對，城裡的人怎麼可能讓溫室裡的花朵煮飯呢。

……好吧。

「那我就讓妳稍微幫點忙好了。不過煮飯可沒那麼簡單喔。妳要確實聽從我的指示，而且要小心別受傷喔！」

「好，我知道了，兄長大人！」

看見表情亮起來的愛麗絲讓我心頭一暖，同時為了讓她幫忙一些簡單的工序，我從設置在廚房裡的魔道冰箱裡拿出食材。

愛麗絲平常應該沒吃過，同時又是連我也煮得出來的簡單料理。

「那麼，今天就做炒飯和煎餃吧。」

「是！……呃，炒飯和煎餃？那些是怎樣的料理啊？」

首先，我拿出冰箱裡的高麗菜。

「炒飯就是炒飯啊。是一種號稱沒有人不愛吃的人氣料理，但是不諳世事的愛麗絲和達克妮絲大概不知道吧。」

「這是那麼受歡迎的料理啊？很遺憾的，我不知道，還請兄長大人多多指導！」

感受著愛麗絲尊敬的眼神，我一面克制著想要上揚的嘴角，一面將手上的高麗菜放到砧板上。

「首先要準備煎餃的內餡！煎餃的內餡要用到的材料，有高麗菜、韭菜、絞肉和……

呃，哇啊——！」

「啊——高麗菜逃走了！」

看來被我放到砧板上的高麗菜原本一直在裝死。眼見在我拿菜刀對準的瞬間便飛了起來，從敞開的窗戶飛了出去。

為了避免油煙悶在廚房裡面而打開的窗戶，這時成了一大敗筆。

「……聽好了愛麗絲，煮飯這種事情就像這樣，稍有不注意就會導致重大的失敗，千萬要小心。」

「兄長大人，確認食材的生死是基本中的基本，就連不諳世事的我也學過喔。」

——當天晚上。

「和真，這道料理是什麼？我第一次見到這種食物。」

看見擺在餐桌上的料理，達克妮絲興致勃勃地這麼問。

後來，我和第二隻高麗菜展開激戰，愛麗絲還被炒飯裡要放的洋蔥偷襲而淚流不止，諸如此類的發生了不少事情，不過我們總算是順利完成了炒飯、煎餃，還有蛋花湯。

「拉拉蒂娜，這是號稱沒有人不愛吃的人氣料理，是一種名叫炒飯的食物喔。其實做這道料理的時候我也有幫忙喔！」

「愛麗絲殿下也有幫忙？您真是太努力了。我很期待這道料理。」

看見幫忙煮飯的愛麗絲挺胸自豪的模樣，讓達克妮絲自然而然地流露出微笑。

我也立刻吃起料理，並且對於成果感到相當滿意，愛麗絲和達克妮絲則是一臉凝重地面對料理考察了起來。

「拉拉蒂娜，這確實好吃到足以稱為人氣料理。這道名叫炒飯的料理明明只是用大火快炒過而已，滋味卻相當深奧呢。」

「材料用的也都不是高級食材對吧？為什麼沒有人讓貴族和王族吃過如此美味的料理呢，我覺得非常不可思議……」

要是在王家或貴族的晚宴上端出煎餃和炒飯的話，我覺得應該會有人翻桌就是了。

這時，我無意間發現，阿克婭和惠惠在看見兩位不諳世事的大小姐在享用了大眾料理而對我投以尊敬的眼神之後，眼睛變得閃閃發亮。

該怎麼說呢，感覺就像是找到了好玩的玩具似的。

「吶，和真，明天晚餐就由本小姐負責吧。我會做出美味的料理給她們兩個吃。」

「這樣的話後天晚上就交給我吧。我會請她們吃我在紅魔之里經常吃的料理。」

惠惠也就算了，平常總是不喜歡煮飯的阿克婭會這麼說還真是難得。

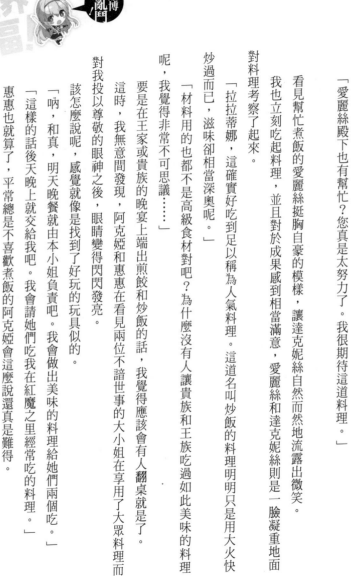

不過，這趟旅行還會花上幾天。

她們願意幫忙的話我是很感謝啦。

「喂，和真，這種叫洋芋片的點心也相當不錯呢。」

「是啊，好吃到我的手停不下來！」

看著因為餐後的垃圾食物而眼神發亮的兩位大小姐，我在不禁莞爾的同時，也遙想著明天開始的旅途。

5

「開始吧，兄長大人。我們今天也趕快來煮飯吧！」

隔天晚上。

愛麗絲今天依然率先掃蕩阻擋去路的怪物，而對她燃起對抗之心的惠惠也施展了爆裂魔法，除此之外，我們的旅程還算平安無事……

「愛麗絲還真是幹勁十足呢。我很欣賞妳，今天就教妳做我的私房料理吧！」

「真的嗎！謝謝妳，我會加油的！」

今晚除了我和愛麗絲以外，就連阿克婭也一起站在廚房裡。

到了這個時候，我終於想通了。

惠惠姑且不論，阿克婭大概是想在這趟旅途中，亂教這個不諳世事的公主和達克妮絲一些有的沒的吧。

順道一提，達克妮絲現在陪著耗盡魔力的惠惠。

阿克婭看了一下冰箱裡面之後，拿出幾樣材料。

「今天的晚餐是鮪魚沙拉飯。」

然後雙手扠腰，擺個跩臉這麼說。

這傢伙是認真的嗎？

讓公主吃炒飯的我也不太可取就是了，不過這樣之後會不會挨罵啊？

「又是我沒聽過的料理呢。兄長大人身邊的人都好博學多聞喔！」

「像我這麼厲害的大祭司當然博學多聞嘍。這是一道在趕時間的時候能夠迅速完成的料理。對冒險者而言，瞬間的疏忽就足以致命，所以非常看重這道料理喔。」

「原來如此，是冒險者特別愛吃的料理對吧！」

阿克婭一面亂教愛麗絲這種事情，一面將弄碎的罐頭鮪魚和美乃滋放到白飯上。

「完成了。」

「好簡單喔！」

無論幾次我都要說，這個傢伙是認真的嗎？

這時，不知道是不是覺得只有這樣實在不行，阿克婭又從冰箱裡拿了一些東西出來……

「只有這樣應該會吃到膩吧，所以我再準備香鬆拌飯和生雞蛋拌飯好了。」

「好，我現在就開始非常期待了！」

愛麗絲像是在看什麼新奇的東西似的望著鮪魚沙拉飯，笑容滿面地這麼說。

——將大家的晚餐都端上桌之後，我也在餐桌旁坐下，看見兩位大小姐今天也興致勃勃地品嚐著料理。

「拉拉蒂娜，這道料理一下子就完成了喔。製作過程竟然還花不到一分鐘呢。」

「妳是說真的嗎，愛麗絲殿下？喂，和真，有那麼方便的料理，為什麼你沒有早點告訴我啊。光是能夠那麼快做好，這道料理就已經相當有價值了。」

除了妳們兩個以外大概所有人都知道吧。

「除了醬油和鹽以外，把辣油淋到白飯上面也很好吃喔。」

說著，阿克婭在自己的白飯上倒了辣油，然後像是在品嚐什麼精緻的料理一樣，優雅地吃著。

「……阿克婭，老實說，我原本以為妳是個什麼都不懂的人。俗話說人不可貌相，請原諒我的見識淺短。」

而拿出貴族風範，同樣優雅地吃著香鬆拌飯的達克妮絲對這樣的阿克婭低下頭。

「這個世界還有很多妳們不知道的事情。達克妮絲和愛麗絲是千金大小姐，所以這也沒有辦法。改天我再教妳們各種有用的知識吧，像是吃杯裝冰淇淋的時候怎麼順利把沾在蓋子內側的冰淇淋刮下來之類。」

感覺光是教她們那種知識就會挨大官們的罵吧。

我是很想不顧一切吐嘈下去，但是愛麗絲她們正在以尊敬的眼神看著阿克婭，所以我不想破壞這個氣氛。

我帶著微妙的表情吃著鮪魚沙拉飯，惠惠則是毫無怨言，像是在吃什麼豪華大餐似的，默默地大口吃著。

我現在已經擔心起明天晚餐的菜色了，不過後天就會抵達埃爾羅得的王都。

沒問題，只有明天會吃到惠惠的料理。

基本上這個傢伙的廚藝也還不算差。

沒錯，應該沒問題才對——

6

「愛麗絲，逃到妳那邊去了！聽好了，小心手指不要被夾到喔！」

「我知道了，這邊就交給我了！啊，岩縫裡面還有一隻龍蝦！」

距離埃爾羅得還有一天的路程。

一直在主要幹道上奔馳的我們，因為惠惠在路上發現了河川，便聽從她的指示稍事休息。

「惠惠，這種龍蝦的體型未免也太小了，真的要吃這個嗎？這應該還是小孩子吧？啊，痛痛痛痛痛……」

走進深達大腿的河川裡的達克妮絲因為指尖被夾到而驚叫出聲。

聲音聽起來隱約有點開心則是已經見怪不怪了。

「那不是龍蝦的小孩。是因為棲息在狹小的河川而不是廣大的海洋，所以已經不會再長大了。哎呀，別想逃！這樣就抓到第四隻了！」

惠惠在河裡比較淺的地方翻開石頭，然後當場一把抓住。

沒錯。

「吶，和真。我有件事情想說耶……」

「別說。她們在抓的是龍蝦。是足以讓公主殿下品嚐的高級食材——龍蝦。懂嗎？」

現在，我們在抓螯蝦。

當惠惠說要煮她在紅魔之里經常吃的東西的時候，我就應該有所警覺了。

那個傢伙以前的生活那麼窮困，怎麼可能端得出什麼高級料理。

「大概是因為這裡沒什麼人跡吧，真是大豐收啊！這樣晚餐會相當豐盛呢！」

「我還是第一次從採集食材開始準備料理呢！原來煮飯也可以這麼開心啊！」

「惠、惠惠，幫我把這隻拿掉！這個傢伙不知道什麼時候夾住了我的腳趾……！」

或許是很少在河裡玩，兩個足不出戶的千金小姐抓螯蝦好像抓得很開心的樣子。

看著如此和平的景象，我說：

「難得王家的人在冰箱裡面放了那麼多食材，我來解決那些好了。」

「別想自己一個人逃走，不然我們每個人得分的隻數會變多。」

——太陽終於下了山，在我們準備好今天要睡的地方之後。

「好了，愛麗絲，妳準備好了嗎？我要讓妳知道我也會煮飯！」

「好，請多指教！」

情緒莫名高張的惠惠面對大量的螯蝦，顯得幹勁十足。

或許是想在愛麗絲面前好好表現，惠惠對於煮飯的態度比平常還要積極多了。

「一般的處理方式是要在水裡泡一個晚上讓這些龍蝦吐出汙泥，不過我們抓龍蝦的那個濕地很乾淨，沒有汙泥，應該可以直接煮才對。」

「我學到一課了！」

惠惠傳授了吃螯蝦應有的知識給公主殿下。

以防愛麗絲回王都之後告訴人家她學會怎麼抓螯蝦和怎麼吃螯蝦，我看還是先要她別說出去好了。

「好了，首先要去除螯……龍蝦的腥臭。這個步驟只要泡進酒裡就可以了，我看看……好，就選這瓶吧。」

惠惠從冰箱裡拿出一瓶酒，把裡面的酒全部倒進大碗裡。

我覺得那好像是某人準備要喝的很貴的酒，不過我就當作沒看到好了。

「只要這樣放著，腥臭就會消失，並飄散出香味。好了，接著利用這段時間來準備其他東西……」

不愧是曾經照顧過年幼妹妹的惠惠，準備工作進行得相當俐落。

而愛麗絲則是以尊敬的眼神看著這樣的惠惠。

「哎呀，不小心一個人全部做完了。準備工作大概就這樣了吧，那麼……」

大概是愛麗絲那樣的視線讓她很開心，獨自一個人做好所有準備的惠惠立刻開始做菜。

以螯蝦湯為首，還有放在烤網上烤出來的鹽烤螯蝦，以及加了辣味醬汁的乾燒螯蝦。

意外的非常會做家事的惠惠在完成了所有料理之後，滿意地喘了口氣。

「最近這陣子都是和真在負責煮飯，偶爾也吃吃看我親手做的菜吧。愛麗絲，妳至少幫忙端一下菜吧。」

「啊，我知道了！不好意思，我看得太出神了……」

「這樣啊，看見隊長厲害的一面看到出神了啊，真拿妳沒辦法！好吧，端菜的工作也交給我吧，愛麗絲去洗手。」

我問了非常好哄的惠惠。

「吶，隊長是什麼意思？」

「……沒什麼意思。」

「——好吃。現抓的龍蝦特有的鮮味化為高湯滲了出來，將這鍋湯的滋味變得相當深奧。而且，留有些許泥臭味的龍蝦和火烤這種料理法相當搭，不會讓人覺得無法入口。最厲害的就是這一道……！」

達克妮絲說出有如料理節目旁白般的台詞，津津有味地吃著螯蝦料理。

她說著那種美食家般的評語稱讚這些料理，但我真想告訴她那不是龍蝦，而是一種叫做螯蝦的東西，在哪裡都抓得到。

仔細一看，愛麗絲似乎對自己抓食材之後煮來吃這種行為覺得相當新鮮，也嚐得很開心的樣子。

惠惠說今天抓太多食材了，所以跑去把煮好的螯蝦分給奔跑蜥蜴們吃。

……也就是說，要處理這些東西的話，現在正是大好機會。

「吶，和真，我覺得今天是想吃蟾蜍的日子。我去把冰箱裡的蟾蜍肉炒來吃，所以我的份就分給你吃吧。」

「我死去的爺爺在去巡視田裡的狀況的時候，遭到螯蝦大軍襲擊。後來我就沒辦法吃甲殼類了。所以應該是我的分給阿克婭才對。」

……

「你別以為自己能夠瞞過神的眼睛喔！你在因為差點被牽引機耕過去而休克被送到醫院去的時候，你爺爺還活蹦亂跳地趕到醫院去呢，你不要以為我不知道！再說，你之前明明就吃了霜降紅蟹！」

「妳才是呢，什麼叫想吃蟾蜍的日子啊，明明就被蟾蜍吃過好幾次還可以若無其事地大口吃蟾蜍喔！」

為了互推料理而扭打了起來的我們，感覺到背後有一股氣息。

出現在我們背後的，是端晚餐去給奔跑蜥蜴吃的惠惠。

「喂，你們對吾之一族的祕傳料理有意見就說啊，我洗耳恭聽。」

「我們只是開個小玩笑而已嘛。我當然會吃啊。」

「是啊，我只是鬧阿克婭鬧得太過頭了。這些蝦子看起來這麼好吃，當然要吃嘍。」

有所覺悟的我和阿克婭，決定要吃龍蝦了。

沒什麼，這是龍蝦，不是螯蝦。

而且我來到這個世界之後都已經吃過蟾蜍了，事到如今，吃螯蝦也不算什麼。

而且螯蝦原本就是以食用為目的引進的……

「哎呀，還滿好吃的嘛。吶，和真，把你的份也交出來。我帶了很貴的酒來，想說可以陪伴我度過這次的旅途。我想要下酒菜，所以那些我也幫你吃掉，留給我吧。」

…………

看見阿克婭津津有味地吃了螯蝦，還跑去拿冰箱裡的酒，所以我也就毫不猶豫的放進嘴裡。

「……喔喔，很好吃嘛。殼烤焦的地方恰到好處，很好吃。蝦膏溶在湯裡面，也超好喝的。不愧是祕傳料理，不好意思，我不應該聽說是螯……龍蝦料理就不吃的。」

「祕傳料理純粹只是我想說說看罷了，不過你吃得開心就好。」

……因為顧慮她而讚不絕口真是虧到了。正當我如此後悔的時候，廚房便傳來阿克婭的陣陣哭聲。

7

當天晚上。

或許是因為枕頭睡不慣，我遲遲無法入眠。

前兩天因為連日都被奔跑蜥蜴的狂奔逼得身心緊繃，每天明明都可以立刻睡著，看來到了第三天身體已經習慣了。

我下了床，為了喝水而到廚房去。

「——『Freeze』。」

我運用夜視能力，沒有開燈就來到廚房，從水龍頭裝了水並且加以冷卻。

將那杯水一飲而盡之後，喘了口氣，我發現背後有人的氣息，便轉過頭去。

能夠和我一樣不開燈就來到這裡的，應該只有特地留下來的酒被用來煮飯，因此而大哭小叫的阿克婭……

「在廚房裡的是兄長大人嗎？」

結果不是。

在只有從窗外透進來的些許星光能夠依賴的黑暗之中站在廚房入口的，是愛麗絲。

「沒錯，是我，妳的兄長大人。我覺得睡不太著，就來喝水了。」

聽見我的聲音，愛麗絲輕輕喘了口氣。

「不好意思，我是來摘花的，可是實在太暗了，可以送我回房間嗎？」

愛麗絲在黑暗中往我的臉孔的所在位置附近盯著看，怯生生地伸出手。

我心想開個燈不就好了，不過這個孩子從小就不會耍任性，對周遭的人一向都很客氣。她一定是不希望有人因為自己開燈而醒過來吧。

「好，包在我身上。兄長大人送妳回房間。如果一個人睡會怕的話，要我陪妳一起睡也……」

「這就不用了。」

…………

——我牽著愛麗絲纖細而小巧的手，在前面帶著她走在陰暗的走廊上。

或許是怕吵醒其他人，愛麗絲的腳步放得很輕，避免發出聲音。

在大家都已經熟睡的時候，大半夜的只有我們兩個靜悄悄地走著，讓我覺得好像在做什麼見不得人的事情似的。

這時，握著我的手多用了幾分力。

我看向愛麗絲，看來她的心情也和我一樣，露出和我們一起去廚房偷吃東西的時候那般正在惡作劇的表情，笑得很開心。

「這樣做讓我回想起我在深夜跑去兄長大人的房間玩，請你說以前的事給我聽的那個時候呢。」

「就是妳沒告訴克萊兒就突然跑來我的房間玩那次對吧。都是因為這樣，害我隔天被克萊兒罵到狗血淋頭，明明就不是我把妳帶出來的。」

我待在王都的時候，愛麗絲偶爾會趁克萊兒不注意的時候跑來玩。

她每次這麼做的時候，王城裡就會掀起一陣騷動。我之所以被禁止進入王都最大的理由，其實正是這個也說不定。

正當我這麼想的時候，愛麗絲笑著說：

「可是，每次我去玩的時候，兄長大人都沒有露出不耐煩的樣子，告訴了我很多故事……我現在也還記得喔。那個出現在兄長大人的國家，贈送名為絕望的禮物給善良的單身人士，背負著十字架的惡魔——聖誕老人，還有兄長大人與他奮戰的故事。」

我的妹妹真聰明。

我半開玩笑隨便告訴她的事情，她居然到現在還記得這麼清楚。

「我現在也還記得喔。兄長大人有一段時間獲封網遊廢神的稱號，日以繼夜地不斷戰鬥的故事。」

我的妹妹真老實。

居然相信我這種尼特的話，還以尊敬的眼神看著我。

……我總覺得好像非常對不起她。

見我默默不語，愛麗絲似乎誤會了什麼，一臉不安地向我問道：

「對不起，是不是我剛才說那些讓兄長大人想起故鄉了啊？」

不是。

我只是在深切反省自己闖出來的禍罷了。

但我總不能這樣講，只好對愛麗絲笑著說：

「沒有啦，我只是在想那個時候每天都過得很開心，覺得有點懷念罷了。」

明知道沒有夜視能力的愛麗絲看不見。

然而，或許是在黑暗之中依然能夠透過氣氛感覺到我在笑吧，愛麗絲的表情顯得和緩了一些。

「那就好……兄長大人。」

不知不覺已經來到房間前面的我們，放開了牽在一起的手。

愛麗絲打開自己的房門，一瞬轉過頭來。

「還請你一直待在我的國家。為了讓兄長大人願意一直待下去，我也會為了這個國家好好加油的。」

簡直就像是在擔心我會因為某種契機而跑到很遠的地方去似的，她這麼說完，露出略顯失落的微笑。

8

隔天早上。

在阿克婭因為今天之內就會抵達埃爾羅得而興奮不已之際，坐在車夫座上的我因為莫名在意愛麗絲昨天晚上說過的話，便輕聲向身旁的達克妮絲問道：

「吶，達克妮絲，我們跑這趟只是去見愛麗絲的那個死小孩未婚夫對吧？稍微見到他一面就可以回去了吧？」

達克妮絲傻眼地看了我一眼之後，悄悄看向和阿克婭以及惠惠她們一起嬉鬧的愛麗絲。

「怎麼可能真的只是去見個面而已啊。如果是的話根本沒必要刻意隱瞞這趟行程，更沒有在我們和魔王軍的戰爭越演越烈的這個時期，還特地跑這麼一趟的意義。這次造訪，簡單來說是為了請求對方給予我國支援。」

請求支援。

「是要他們送實力堅強的冒險者和騎士團過來嗎？」

「不是，戰力的話各國都已經派遣很多過來了。因為我國是唯一一個國境和魔王軍接壤的國家。要是我國戰敗，讓魔王軍突破防衛線的話，脆弱的其他國家將遭到蹂躪。所以，周邊的其他國家都會定期派遣精銳戰力過來當援軍。」

是喔。

「但是，唯有接下來我們即將前往的埃爾羅得這個國家是以賭場立國，因此騎士團相當脆弱。所以我國向該國要求的並非援軍，而是請他們在資金面提供協助。主要是以防衛費用的名義，請這個國家提供了相當多的資金。」

「原來如此。可是，這個和這次的事情有關係嗎？」

聽我這麼說，達克妮絲表示：

「我剛才說過最近和魔王軍的戰爭變得越來越激烈了對吧？其實這是有理由的。事情是這樣的，和真。原因似乎是出在我們打倒了太多魔王軍幹部。」

……

「咦，是因為我們打倒幹部而遭到怨恨嗎？」

「不，是因為魔王軍開始著急了。畢竟至今一直未曾被打倒的幹部，最近卻接連遭到討伐。所以，我們決定不僅要鞏固防守對抗他們，同時更要發動攻勢。然而，到了這個節骨眼上，埃爾羅得才說他們的財政吃緊，所以非但無法為發動攻勢出資，連防衛費用的支援也要就此打住。因此，身為王族的愛麗絲殿下才要代替在前線指揮的陛下和王子殿下，以使者的身分前往埃爾羅得。」

「……原來如此。」

我總算理解了愛麗絲昨天說那些話是什麼意思。

她大概是覺得戰況變得不利的話我就會逃跑吧，還真了解我。

也就是說，愛麗絲是為了討支援金，要去迷倒她的未婚夫。

我的妹妹是世界上最可愛的女孩，這種事情應該可以輕鬆達成才對。

「我國和埃爾羅得從以前就一直延續著友好的關係。武鬥派的我國不善經商，和擅於運用資金但兵力貧弱的埃爾羅得一直是互助合作的關係。即使埃爾羅得的財政吃緊，這次的造訪依然攸關國家大事，乃至於世界的命運。所以你可千萬別壞事啊。」

達克妮絲這麼說，盯著我的眼睛一直看。

「……我知道了。這是為了這個世界，同時也是為了人類。我也是和魔王軍戰鬥的冒險者，這種時候才不會耍任性呢。有些時候再怎麼耍賴也無濟於事，這種道理我還懂。所以妳也不需要那麼擔心啦。」

我對達克妮絲這麼說完，笑了一下，試圖讓她放心。

結果，達克妮絲立刻露出像是在看可疑人物的眼神看著我。

「妳是怎樣啊？喂，那是什麼眼神，妳在懷疑我嗎？」

「為了世界、為了人類這種話從你口中說出來實在是讓人無法相信……算了，抵達埃爾羅得的王都之後，我們先好好休息吧。總不可能才剛到就跑去見面吧。先休息一天，消除疲勞之後再說。」

達克妮絲這麼說完，笑了一下，像是想要讓我放心似的……

……啊啊，對喔。

這麼說來，她在出發前好像跟蕾茵說了些類似要餵我安眠藥之類的話。

「啊，和真和真，你看！看得到埃爾羅得了喔！」

「啊哈哈哈哈哈！那個就是了吧！我從很久以前就一直想著要去一次的賭場大國——埃爾羅得！」

我們後方的座位區歡欣鼓舞了起來。

我和達克妮絲聽著大家的聲音，對彼此露出不懷好意的笑容。

第三章

對不識好歹的未婚夫加以制裁！

1

其他國家都是如此稱呼這個國家。

賭場大國埃爾羅得。

抵達鄰國埃爾羅得的王都之後，這裡的繁榮和人潮就震懾了我們。

「吶，和真，這裡的人多到像是阿克塞爾在辦祭典的時候呢！這麼多人到底是從哪裡聚集過來的啊！」

由於來到了大街上，龍車現在以人類的步行速度前進著。因為人聲鼎沸而興奮不已的阿克婭移動到車夫座，一邊大聲嚷嚷，一邊東張西望，引來路過的行人不住竊笑。

「喂，阿克婭，我們這次完全是非官方行程，別太引人矚目喔。別忘了我們的目的。」

我姑且如此叮嚀阿克婭，但她的注意力已經完全放在大街旁的攤販上了。

不過，我也不是不懂她的心情。

以日本來說的話，這裡的人潮可比澀谷站前的十字路口。

這個世界的人口比地球還要少很多。

儘管如此這裡還是有這麼多人，就表示……

「這是為了讓王都看起來很繁榮的公關策略吧。妳看，那個街角有人轉彎對吧？那個傢伙一定會轉頭再回到這邊來。也就是充場面的職業路人。這些傢伙一定只是受僱在這裡漫無目的地走來走去而已。」

「和真先生的洞察力果然不俗。我也覺得很奇怪，不然這樣就等於我們的據點阿克塞爾是鄉下了耶。」

正當我和阿克婭如此交頭接耳的時候，達克妮絲微微紅著臉說：

「你們兩個別說傻話了，乖乖坐好。要是被當成鄉下土包子，我可受不了。」

達克妮絲說我們像土包子，不過這也是沒有辦法的事情。

面向大街的攤販擺著我看也沒看過的食材，商人們都大聲叫賣著。

旅店似乎已經事先安排好了，龍車在面對大街的一棟特別大的建築物前面停了下來。

「好了，這裡就是事先安排好的旅店。大家先各自進房間放行李吧。愛麗絲殿下和王子的會面安排在明天。今天就先悠閒地觀光，消除旅行的疲勞吧。」

將龍車交給旅店員工之後，達克妮絲如此說明。

正當我們開心不已時，愛麗絲卻搖了搖頭。

「我要為明天的會談做準備……之所以會這麼說，是因為要第一次見王子讓我或多或少有些緊張。或許是因為神經有點緊繃吧，我想待在旅店裡休息，各位請盡情去觀光。」

說完，愛麗絲拿起自己的行李。

「愛麗絲殿下，您不是很期待來這裡嗎？我們是您的護衛，如果愛麗絲殿下要留在旅店裡的話……」

「不、不可以！請各位好好調劑身心。難得來到這個賭場國家，要是各位留在旅店，我反而無法安心休息！」

愛麗絲是個非常關心身邊的人的女孩，要是我們留下來，她大概真的會有所顧慮而無法好好休息吧。

「達克妮絲，既然愛麗絲都這麼說了，我們也出去好好舒展身心吧。」

「唔……我、我知道了……」

達克妮絲似乎還不是很能夠接受，但是看見笑咪咪的愛麗絲蘊藏著某種堅強決心的眼神，幾乎是受迫於她的震撼力而點了頭。

——將行李放到準備好的房間裡之後。

「去賭場，我們先去賭場吧！在賭場大贏一把之後，再用賺到的錢去到處吃美食！這裡應該有賣貴到不行的好酒才對！」

「不，先去這個城鎮的武器防具店吧！這裡一定有符合我的超強法杖，肯定有！」

我們立刻來到街上。

「嗯……把愛麗絲殿下留在旅店真的好嗎……」

只有達克妮絲一個人一副放心不下的樣子。

愛麗絲似乎對這次會面有點沒信心。

她覺得為了準備明天的會面已經沒時間玩了，現在或許還在一個人進行模擬訓練呢。

要是太過顧慮她可能反而會造成反效果，晚點再買紀念品回去給她好了。

不過，就算是這樣……

「妳們還是一樣完全不合群呢。難得來到這種地方，應該先去觀光景點才對吧。紅魔之里也有很多觀光景點，所以這個城鎮……」

當然也應該有些什麼稀奇的東西吧。

——正當我打算這麼說的時候。

「哦？幾位冒險者還真是漂亮呢。吶，前面那位金髮美女，別管那種不起眼的男人了，要不要和我們一起在這個城鎮逛逛啊？」

「真的耶，超級大美女！我喜歡那個藍頭髮的小姐！」

「我挑那個黑髮紅眼的美少女……」

一言以蔽之，就是三個看起來就很愛玩，感覺很輕浮的年輕男子。

外表看來大概比我大個一兩歲吧。

三人身上穿著都會特有的花俏服裝，帶著不懷好意的笑容看著我們。

體格看起來弱不禁風，感覺像是來都市玩的有錢人家少爺。

被那三個男人這麼一搭話，我的隊友們的反應是……

「「「？」」」

三個人都東張西望地看向四周，尋找符合他們口中的特徵的女生。

……不久之後，她們似乎發現了只有自己符合。

「「「！」」」

我的三個同伴立刻變得舉止怪異，不知所措了起來。

達克妮絲連忙轉過頭去用手梳了梳頭髮，惠惠則是動手拍了拍在旅行途中沾到長袍上的塵土。

阿克婭則是說道：

「吶，你們剛才是不是叫我們美女？是不是說我們漂亮？你們幾個，再說一次看看嘛！」

…………

畢竟阿克塞爾沒有會搭訕她們的奇特傢伙嘛。

偶爾還是稱讚一下她們的外表好了……

看著被當成美女看待而感到困惑的三人，我不禁感受到淡淡的哀傷。

「咦……這個嘛，我們說妳們幾位很漂亮……還問了妳們要不要一起逛街……」

或許是因為阿克婭的反應而感到困惑，三名男子之一這麼說。

聽了這句話，阿克婭她們肩併著肩，圍成了一個小圈圈。

然後，她們輕聲細語地不知道在討論什麼。

最後，惠惠代表她們三個，站上前說：

「也就是說，為了和我這個超級美少女以及這兩位美女約會，你們三個已經有不惜散盡錢財，付出性命的覺悟。所以希望我們能和你們約會。你們是想這麼說吧？」

「「「我們可沒說到那個份上。」」」

三名男子立刻否認。

…………！

我想到了。

我不小心想到了。

這裡是商業大國的王都，也是賭場國度。

我當然想到處參觀，好好舒展身心一下。

在這樣的狀況下，如果和這三個問題兒童一起行動會怎樣？

動腦啊，好好想清楚吧，佐藤和真！這些傢伙不可能不闖禍。

而她們一但闖禍，一定會連累我。

不過，如果發生問題的時候在場的不是我，而是這三個男人的話呢？

…………

「吶……我們該不會找到奇怪的人了吧？」

「喂……這個情況好像不太妙吧？就算難得來觀光，這樣好像也太放縱了一點。」

「不，可是……即使內在有點怪，外在那麼美就沒問題了吧？」

在三名男子低聲商量的時候，阿克婭她們跑來找完全被當成空氣的我。

她們三個都是一副得意的跩臉，讓我有點不爽。

「吶，和真，我們應該怎麼辦啊？真傷腦筋啊——人家說我們是美女耶。說想要和我們約會耶。被他們三個說是不起眼的男人的和真大概是因為平常一直和我們待在一起，已經看習慣了吧。不過，我覺得你應該要好好想清楚能夠和我們這些美女一起組隊是多麼幸運的一件事喔！不然的話，你最重要的隊友說不定會隨便跟著那些男人跑掉喔！」

「請便請便。」

「「「「咦！」」」」

聽見我的這句請便，不只是阿克婭她們，連男子們的時間都暫停了。

「……那個，和真？你剛才是說……」

阿克婭的聲音帶著不安。

這些傢伙也是高等級的冒險者。

再怎麼說，我也不覺得她們會栽在那些只是普通人的小哥們手上，而且無論這些傢伙和誰約會，以我的立場也沒有資格說三道四。

應該說，我現在一心只想把這些傢伙推給那三個人照顧一整天，所以迫不及待地表示：

「我說請便請便。應該說，我又不是妳們的老媽，不想一直伺候妳們，只想好好舒展一下身心。偶爾有這種想法應該也不會遭天譴吧。」

「「「什麼！」」」

或許是我的發言讓她們大感意外，阿克婭等人出聲怪叫。

「……喂，那個男人剛才好像說她們很難伺候耶。」

聽我那麼說，男子之一輕聲這麼表示。

這時，顯得有些慌張的惠惠說：

「喂，和真，你怎麼突然說這種話啊！你確定嗎？我……不對，我們要和這些人一起去玩喔？你就沒有一點嫉妒或是悶悶不樂之類的感覺……」

「完全沒有。」

「這個男人，居然全面否定了！」

惠惠似乎受到了打擊，不過我們之前是有一點進展了沒錯，但是又還沒有開始交往。

既然如此，一直把愛麗絲掛在嘴邊的我，也沒道理干涉她。

這時，達克妮絲輕輕拍了一下整個人僵住的惠惠的肩膀。

「等一下，惠惠。這個男人就是不老實，妳也知道吧？呵呵，沒錯，這個傢伙是典型的傲嬌。」

然後，她面對我，像是想要玩什麼心理戰似的露出微笑。

「吶，和真，至少在這種時候老實一點如何？你可以帶著像這樣被搭訕的美女一起走在街上喔，不然要我挽著你的手也可以喔。說不定一個不小心你還會碰到我的胸、胸部……」

「這個就免了。妳渾身都是肌肉，感覺好像連胸部都很硬。」

「咦咦！」

達克妮絲顯得大受打擊，不過男子們沒有理會這樣的她，開始交頭接耳了起來。

「喂，你們覺得呢？該怎麼說，那個男的真是爛透了。只是不祥的預感還要更強烈。」

「還是算了吧。難得來觀光，要是碰上奇怪的事情多掃興……」

「是、是啊，沒事還是不要自找麻煩……我看就放棄吧……明明都是美女，真是太可惜了……不、不好意思！我們突然想起有事情要辦……」

說著，三人正打算逃跑的時候，被我一把抓住。

「你們想和我的隊友約會是吧？」

其中一個人聽我這麼說，表情一僵，試圖甩開被我抓住的手……

……卻辦不到。

「奇怪？啊……痛、痛痛痛痛……！等等，不好意思，我們隨便說說的，我們不應該隨便招惹你的同伴！還、還說你是個不起眼的男人，真的很抱歉！我們馬上離開就是了！」

我也是個等級還不低的冒險者。

各項參數也都提升了不少，沒道理輸給普通人。

「不不不，沒關係啦，真的沒關係。誰教我這三個同伴都是美女。嗯嗯，我懂，我真的非常懂。」

「這、這樣啊……」

男子們看著我的眼神像是在看一個可疑的怪人似的，完全不打算掩飾不安的神情。

對此，我壓低聲音說：

「你們看那個穿鎧甲的金髮美女。她脫下鎧甲之後可是非常有料的喔。尤其是腰身的部分最有看頭！」

聽我這麼說，男子們吞了口口水。

看見三人的反應，我繼續說了下去：

「另外那個藍頭髮的很喜歡喝酒。只要說要請她喝酒，她就會非常開心。」

對此，三人面面相覷。

「至於那個黑髮女孩……我知道了，她有養貓，應該很喜歡可愛的東西吧。帶她去有可愛生物的地方，她大概會很開心。」

我這麼說完，三人對著彼此點了點頭。

「「「那、那我們就恭敬不如從命……」」」

我離開帶著傻笑，態度也已經軟化的三人身邊，舉起手向阿克婭她們道別。

「那就這樣了，妳們幾個，晚點見啊。妳們今天就盡情舒展身心吧。相對的，明天開始可別給我添麻煩喔。今天妳們想怎樣都可以。」

「「「咦！」」」

聽我這麼說，三名男子不安地叫出聲。

阿克婭看著他們三個說：

「可以嗎？我身上沒帶多少零用錢，所以會請你們出喔。我阿克婭小姐可不接受便宜的劣酒喔。」

聽她這麼說，三名男子之一拍了一下自己的胸脯。

「包、包在我們身上！我們三個都很有錢。我們的父母都是上流階級，無論發生任何事情，在這個城鎮的所有花費都由我出！」

他說出口啦。

我確實聽見這句話之後——

「那就這樣了，妳們去好好玩吧。我也會好好舒展身心的。你們三個要好好照顧她們。可別丟下我的同伴，逃避各種責任喔！」

我這麼說完就轉過身去……

「你、你這個男人到底可以多出人意表啊……聽起來不是在逞強而是說真的，更教我難以抗拒，興奮不已……這是心理戰吧？你只是在玩心理戰對吧？……喂，你們幾個，姑且告訴你們，最好別打我們的歪腦筋比較好。否則的話，那個在新手城鎮阿克塞爾以鬼畜聞名的男人之後會怎麼對付你們，我可不知道。」

「「咦！」」

然後就聽見達克妮絲在我的背後說這種失禮的話。

「說的也是。你們看他像這樣二話不說地丟下嬌弱的美少女們不管的那個態度，應該可以想像得到他是個怎樣的人吧？你們最好隆重款待我們，否則那個男人之後會對你們不利。或許從外表看不出來，不過他具備足以輕鬆潛入戒備森嚴的貴族宅邸的能力，也擁有從遠方狙擊目標的手腕。要是與他為敵的話，一整天都不得安寧喔。」

「「！」」

喂，別說了。

「吶，妳們兩個，別說得太過分了！和真還沒有鬼畜到那種地步。的確，他這個人曾經因為炸燬高官的宅邸而被當成犯下叛國罪的嫌疑犯，而且引發的問題甚至多到會被禁止進入王都沒錯……」

喂，阿克婭，加油好嗎？

這樣根本沒有幫到我啊，多加點油好嗎！

「「「…………」」」

發現三人默不作聲，我提心吊膽地轉過頭去……

「……不好意思，你的好意我們還是心領了，我們不想和她們扯上關係……啊啊啊啊！他逃跑了！」

其中一名男子這麼說到一半。

「「「跑掉了！那個男人真的丟下我們跑掉了！」」」

我就丟下如此大喊的阿克婭她們，衝往埃爾羅得的大街上！

2

這是我來到這個世界之後第一次來國外，這裡更是繁華到令我覺得之前的城鎮都是邊境鄉鎮的大都會。

在這樣的埃爾羅得王都。

「最後一擊，接招吧！」

「不會吧啊啊啊啊啊啊！」

「「「「「喔喔喔喔喔喔喔喔喔！」」」」」

我臨時報名參加卡牌遊戲大賽，並且勢如破竹地連戰連勝。

「那個傢伙到底是何方神聖？」

「我沒見過他，不過技術那麼高超的男人不可能是無名小卒吧！」

在遠處圍觀的觀眾看著連勝中的我如此議論紛紛。

「那個男人一波又一波的凌厲攻勢……你不覺得和傳聞中的『黑之卡特莉娜』的特徵很像嗎？」

「你說什麼，那個傳說中的強者嗎？但我聽說『黑之卡特莉娜』應該是女的才對……」

黑之卡特莉娜是誰啊？

「等一下，你們看那個男人使用陷阱卡的手法。他很有可能是『謀略之克羅德』……」

「的確。陷阱卡能用得那麼討人厭的人，除了『謀略之克羅德』以外不做他想……」

所以說謀略之克羅德又是誰啊？

這裡是知名冒險者可能會得到渾名的異世界。

或許知名玩家會得到渾名也不奇怪。

在原本的世界時，網路遊戲的夥伴們也用各種名號稱呼過我。

沒錯，像是只有稀寶運的和真先生、尾刀狗的和真先生等等，全都是一些不名譽的名號就是了……

……正當我回想著這些的時候，一名女子站到我的眼前。

「你就是我的對手嗎？呵呵，我沒見過你呢。我看你好像只有抽牌的運氣特別好，不過這個遊戲只靠運氣可贏不了。沒錯，心理戰才是最重要的。只靠運氣就算贏得過中級玩家，碰上我這種有渾名的高手也只能無計可施，乖乖落敗。」

有渾名不覺得丟臉嗎？這種不識趣的吐嘈我就不說出口了。

因為，身為一名玩家，現在的我正在體會睽違已久的昂揚之感。

「你的連勝就要在此終止了。由我『鐵壁之瑪莉妮絲』來阻止你。」

鐵壁之瑪莉妮絲。

顯然比我年長的那位大姊姊毫不害羞地報上這個名號，帶著無畏的笑抽了牌——！

——覺得觸目所及全都非常新奇，到處東張西望的我，發現了這棟不時傳出歡呼聲的建築物，便因為一時好奇而進來看看。

我在這裡當觀眾暫時參觀了一下，發現這裡玩的卡牌遊戲和我很熟悉的知名遊戲非常相似，所以決定臨時報名參加。

恐怕是被送到這個世界來的日本人推廣了那個遊戲吧。

當成身為玩家的必修技能玩過那個遊戲的我，買了備齊基本卡牌的標準卡包之後，又發揮金錢的力量買了裡面有強大稀有卡牌的豪華卡包。

如此組出在日本被禁止的那個有名的極惡套牌之後——

「——我的回合！我的回合！一直一直都是我的回合！」

「魔鬼啊！那個傢伙是怎樣，一直施展那種超過分的連擊！」

「過度殺傷也該有個限度吧！為什麼要做到這種地步，都已經分出勝負了不是嗎！」

「喂，鐵壁之瑪莉妮絲哭出來了，誰快去阻止他吧！」

我以觀眾們這樣的聲音為背景，享受著睽違已久的遊戲樂趣。

「請你結束這一切吧，我這種小弱弱不應該那麼囂張的，對不起。」

無計可施，只能乖乖落敗的那位對手大姊姊哭喪著臉向我道歉。

「真是一場精采的比賽。改天再比一場吧。」

「絕對不要。請你饒了我吧。」

即使我為了來個對戰後的握手而向對方伸出手，對方也只是輕輕將賭金放在我的手上而已。

沒錯，這裡是賭場大國埃爾羅得。

即使是卡牌遊戲也不可能沒有賭注。

打敗了那位大姊姊之後變得更加亢奮的我，對著會場放聲大喊：

「尋求挑戰者！」

——後來，經過了幾個小時之後。

在那之後依然持續連勝，心曠神怡的我離開了會場，前往下一個地方。

雖然沒有特定的目的地，不過探索陌生的城鎮總是令人充滿期待。

感受著飽滿的錢包重量而開心不已的我忽然覺得有點餓，便環顧四周，打算隨便找間店進去的時候——

「呀啊————！來人啊————！沙浴裡面有個變得像木乃伊一樣的人！有沒有人會用恢復魔法！」

找到一間義大利麵店的我，便決定在那裡解決午餐。

「歡迎光臨，一位用餐嗎？請坐吧檯——」

我依照女服務生的介紹坐到吧檯，隨便點了些東西。

在一邊等上菜，一邊東張西望地看著店內的時候，我聽見坐在附近餐桌的男子們聊著這樣的話題——

「哎呀——今天也大賺了一筆呢！為埃爾羅得乾杯！」

「就是說啊，景氣好成這樣，無論做什麼都很順利。聽說國王陛下要長期到外國出差的時候我還很擔心會變怎樣，沒想到那個王子也很能幹嘛。」

「就是說啊，明明大家都一直說他是笨蛋王子呢。」

……嗯？

我聽說這個國家的財政吃緊，他們卻說景氣很好是怎麼回事？

還有，他們說的笨蛋王子也讓我很在意。

「可是，聽說景氣好成這樣也全都因為是宰相大人在指揮一切呢。那個笨蛋王子在政治上也有決定權，但聽說他幾乎什麼事情都沒做，只顧著玩而已。」

「那我們不該為埃爾羅得乾杯，而是應該為宰相大人乾杯！」

「「「喔喔，為宰相大人！乾杯——！」」」

……我越聽越搞不懂了。

照他們的說法，在這個國家主導政治的是宰相？

既然如此，說要中止支援的也是那位什麼宰相大人嘍？

話說回來，這個國家現在沒有國王做主是吧。

聽說王子的年紀和愛麗絲差不多，這個世界的王族在這個年紀就開始參與政治大概是理所當然的吧。

我在愛麗絲那個年紀的時候，還在熬夜打電動，成天被爸媽罵呢——

離開那間店之後，我想起留在旅店裡的愛麗絲，決定去買紀念品給她。

不過，愛麗絲到底收到什麼東西才會開心，我還真想不到。

總覺得收到任何東西她都會開心，但話雖如此，送太便宜的東西給一國的公主好像也不太對……

「喂，聽說有個技藝精湛的街頭藝人跑去麥其林了！」

「麥其林？你說的麥其林指的是超高級餐廳麥其林對吧？那種店應該不會讓街頭藝人進去才對啊？」

「別管這麼多了，我們先去看再說吧！聽說那個藝人表演魔術的時候用的都是店裡的高級擺飾，毫不手軟呢！」

看見幾個男人一面這麼說，一面從某間小店衝出來，而我無意間注意到那間店的招牌。

那間店賣的好像是各種首飾，於是我走進店裡，想找看看有沒有什麼適合的紀念品。

「歡迎光臨。」

店裡只有一個冷淡的老闆。

他坐在櫃檯後面，看著報紙，看都沒看我一眼。

我在店裡逛了一圈，商品是各式各樣的小物，從看起來像是手工製作的女性用項鍊，到應該是男性用的粗獷手環都有。

我無意間看向櫃檯，發現那裡有個玻璃櫃，裡面擺著看起來比較高級的首飾。

從那裡面挑個適合的東西好了。

正當我這麼想，物色著適合愛麗絲的東西時……

「唔喔！怎、怎麼了，是地震嗎？」

在店內不停搖晃的同時，對於混在老闆的聲音之中，那一道從遠方傳來的爆炸聲充耳不聞的我，忽然想到一件事。

之前我潛入王城的時候，不小心偷走了愛麗絲的戒指。

那枚戒指我還好好保管著，但事到如今想還也無從還起，不知道該如何是好。

對了，就是戒指！

偷走戒指的我這樣說好像不太對，但是再這樣下去我心裡也不太舒服。

就算是不一樣的東西也好，我想先暫時還她一個戒指。

沒錯，就挑個戒指當成送給愛麗絲的紀念品吧！

我想說既然要買就買最貴的戒指，所以看了看玻璃櫃裡的東西，但是裡面並沒有戒指。

「大叔，你店裡沒有戒指嗎？可以的話越貴的越好。」

「戒指？我這裡沒有賣高級的戒指喔。戒指就只有擺在那裡的，給小朋友的玩具。」

因為天搖地動而嚇到站起來的老闆，指著店裡的角落這麼說。

擺在那裡的，只有一個幾百塊艾莉絲的便宜戒指。

送這種東西給公主殿下好嗎？

話雖如此，才剛來到這個城鎮的我又不知道哪裡有高級珠寶店，該怎麼辦才好呢？

啊……對了。

總之先把這個買起來，要是找不到其他想送給她的東西的話就送這個吧。

「大叔，我要這個戒指！」

我將買下的戒指放進懷裡，離開了那間店——

3

「啊，回來了呀。觀光好玩嗎？」

時間是傍晚。

地點是白天和大家分開的地方附近。

我回到這裡來的時候，隊友們都已經到齊了。

抱著膝蓋坐在地面上的阿克婭撇過頭去一副惱羞成怒的樣子，達克妮絲則是一臉滿足地散發出幸福的熱氣。

至於惠惠，則是在這樣的達克妮絲的背上，表情看起來似乎心曠神怡。

而應該陪著他們三個的那些男人……

首先，少了一個人。

接著，在現場的人也是一個灰頭土臉地動也不動，另一個則像是心靈受到了什麼創傷似的，屈身抱膝，嘴裡唸唸有詞。

我實在不太想知道他們發生了什麼事……

惠惠好像光是看我的表情就察覺到我這樣的想法了吧。

「和真，我知道你不想，但還是請你聽一下好不好？」

「……我洗耳恭聽。」

沒辦法了……

我不經意地看向唯一一個心情很好的達克妮絲。

「……這個嘛，首先，我先交代一下不在這裡的那一位。他聽說我們才剛抵達這裡，就表示有一個高級養生設施可以消除旅行的疲勞，說要先到那裡去讓大家好好休息。」

這樣啊。

「於是他帶我們到那個養生設施，結果那裡竟然有我最喜歡的沙浴。所謂的沙浴，是穿上名為ＹＵＫＡＴＡ的衣服，躺在地上，然後請人用熱沙把自己埋起來的美好活動……而那個男人不知道在想什麼，傻傻地跟在我後面一起過來，然後還說什麼『好──我要在沙浴裡待得比達克妮絲還要久，展現出充滿毅力的帥氣模樣──』之類的，所以我也不小心認真了起來……」

「結果等到有人發現的時候，那個人好像已經瀕臨死亡了。是工作人員發現了這件事，才送他到醫院去。」

……原來如此，所以才會少一個人啊。

接著，我看向屈身抱膝的男人。

於是惠惠便尷尬地將視線別向一旁。

「……事情……是這樣的。那位先生說要帶大家去一個最棒的景點。結果他帶我們去的地方，是遠離這個城鎮的一條河……然後，那個男人說：『如何啊，請看，這裡是這個城鎮的知名觀光景點，大蔥鴨養殖場。很可愛吧！』之類，洋洋得意地炫耀成群的大蔥鴨給我們看。你也知道，大蔥鴨是能夠得到很高經驗值的怪物。有這種怪物在眼前，我也只能用爆裂魔法將牠們一掃而空了啊……結果，那個人好像大受打擊，之後就一直是那樣了……」

帶她們去看成群的大蔥鴨，結果害牠們在眼前被炸死。

我將視線從還在不停顫抖的男子身上移開，看向像是想說自己一點錯也沒有的阿克婭。

……總覺得，這個傢伙應該最不像話吧。

「那個，關於阿克婭……則是……」

在惠惠難以啟齒的時候，原本一臉槁木死灰，動也不動的那名男子猛然站了起來。

「這位小姐在這個城鎮最貴的高級餐廳開懷暢飲，喝得醉醺醺之後，說出什麼『我來表演超級精采的才藝給你們看！』，然後就擅自使用店裡的高級擺飾表演起宴會才藝來了。這沒什麼，表演真的非常精彩。確實是非常精彩沒錯。可是，誰知道那真的是沒有任何手法和機關的才藝啊！吶，那架包在手帕裡面的平台鋼琴還有其他東西到底都消失到哪裡去了？以尺寸來說，也不可能藏進手帕裡面啊！」

她又搞出這種莫名其妙的事情來了啊。

不過聽一聽我也很有興趣，下次我也想看看。

「然後，那間高級餐廳就開了請款單，要我們賠償用在才藝上的擺飾和鋼琴……還有，大蔥鴨養殖場也是……所以我一直在拜託這些人負擔賠償金，我也不要求全額，就算只有一半也好……啊啊！喂，等一下，再這樣下去我會被爸媽罵的！至少賠個三分之一也行……！」

我們摀住耳朵，用跑的離開現場。

4

「埃爾羅得好玩嗎？各位都舒展身心了嗎？」

愛麗絲出來迎接回到旅店的我們。

「我在這個城鎮締造了傳說。順道一提，這些傢伙在某種意義上也算是締造了傳說。」

愛麗絲歪著頭，似乎無法理解我說的話。不過看了達克妮絲她們的表情，她似乎認為不要過問比較好。

就在這個時候——

「那麼，愛麗絲殿下，您今天應該也累了吧，為了準備明天的會面，今天還是早點睡吧。為了讓您能夠悠閒地待在房間裡面，我已經告訴旅店的人，請他們將餐點送到房間去。請您好好休息。」

態度比以往還要恭敬的達克妮絲對愛麗絲這麼說。

「現在睡覺還太早了吧？不，我確實也是想為了明天而做好萬全的準備沒錯。」

說完，愛麗絲歪了一下頭，而達克妮絲露出略嫌做作的歉疚表情，對這樣的愛麗絲說：

「愛麗絲殿下，明天的會面相當重要。我認為，唯有今天您不應該熬夜，才能獲得充分的睡眠，展現出更為美麗的模樣。」

「……這樣啊。我知道了，那麼，今天晚上我就早點休息吧。」

趁著不住偷瞄我的愛麗絲回到房間的時候，達克妮絲用力拍了一下手。

「好。那麼我們也早點就寢吧。畢竟明天有個重要的會談嘛。雖然我也覺得還太早，但是能夠休息的時候就休息也是護衛的工作之一！」

儘管覺得如此催促我們解散的達克妮絲有點奇怪，但是或多或少都因為旅行而感到疲憊的我們還是不疑有他，準備回房休息——

——不過，這是那個吧。

是達克妮絲和蕾茵商量說要對我下藥，讓我睡得不省人事的那個計畫吧。

說來說去，我和達克妮絲都已經相處這麼久了，看見她那種舉動，我怎麼可能沒發現。

早早回到房間來的我，到現在都還沒躺到床上，依然保持著警戒。

她到底想用什麼方法對我下藥呢？

最簡單的方式就是突然踹破門襲擊我，盡全力強行灌藥。

但是，這招有遭到我抵抗的疑慮。

既然如此，再來就是在晚餐裡下藥，但今天大家都在外面吃過了。

要執行作戰計畫的話應該是在今天晚上動手才對，不過到底會用什麼方法呢……

正當我像這樣試著解讀達克妮絲的想法而煩惱不已的時候——

「和真，你還醒著嗎？」

隨著達克妮絲的這個聲音響起的，是叩叩的敲門聲。

現在的時間是八點左右。

雖然這個世界基本上是早睡早起，但以睡覺時間來說也還太早了。

「還醒著啊。門也沒鎖，自己進來吧。」

不過她也太小看我了吧。

難道她以為要騙我服下安眠藥有那麼簡單嗎？

我不知道她到底想用什麼方法，但我要掌握主導權，先盡情戲弄她之後——

……這時，我原本的這些想法瞬間飄到九霄雲外去了。

「這、這樣啊。那我就來打擾一下了。我有些話想跟你說。」

因為，達克妮絲身上穿的是相當暴露的性感睡衣——

——走進房間裡的達克妮絲，將手上的大酒瓶放在房間中央的桌子上。

看來太小看對方的是我。

沒錯，對手可是擅長謀略的貴族。

到了這個關頭居然祭出了美人計。

「妳妳妳、妳穿成這樣是怎樣啊。都快露出來了喔，很多不應該露出來的部位都是。」

「！」

聽我這麼吐嘈，達克妮絲瞬間因為羞恥而臉紅。

太好了，看來她再怎麼樣也還沒氣定神閒到能夠毫不動搖地色誘我。

「會嗎？這樣還算很正常吧？而且，出門在外變得比較開放是常有的事情。別說這個了，我們先喝一杯再說吧？」

儘管我那麼說，達克妮絲還是維持著淡定的態度，在我的眼前打開她帶來的那瓶酒。開瓶時那個「砰」的聲響，表示酒瓶一直到這一刻為止都是密封的。

既然如此，這瓶酒應該沒下藥。

「說的也是，再怎麼說，這個時間就睡覺也太早了。帶睡前酒過來算妳貼心，難得妳這麼有心，就來喝吧。」

說著，我迅速從正準備倒酒的達克妮絲手邊抽走其中一個酒杯。

「哎呀，糟了！」

然後用力摔在地板上。

酒杯應聲碎裂，碎片散落一地。

在達克妮絲見狀，臉色瞬間大變之際，於是我對著滿地碎片伸出手。

「『Wind Breath』！」

然後用風之魔法將碎片吹到房間的角落去，集中成一堆。

「……呼。不好意思啊，達克妮絲，我手滑了……哎呀，只剩下一個酒杯了。我去樓下拿一個上來，這些碎片明天再請旅店的人來清理好了。」

我對達克妮絲這麼說之後，打算就這麼走出房間……

「等、等一下，和真。那個，就是……酒、酒杯有一個就夠了吧？反正我原本就只打算為你斟酒，想說藉此慰勞一下你平日的貢獻！」

這時，達克妮絲拉住了我的衣服下襬。

貴族不是應該很擅長權謀術數嗎？這個傢伙也太不會找藉口了吧。

「是喔，慰勞我的什麼貢獻？我看起來有辛苦到需要慰勞嗎？我可是每天都從早睡到晚耶？」

「呃，不是啦！那個……就是，因為你不久之前又打倒了一個魔王軍幹部啊！我們葬送了好幾個幹部，其實這是非常不得了的一件事喔！」

慌張的達克妮絲好不容易想到了藉口，最後露出有點認真的表情，盯著我的臉一直看。

「我認為，這一切的一切都是因為有你當隊長統整我們的緣故。我們老是給你添麻煩，一直以來真的很謝謝你，和真……」

說著，她帶著看似表裡如一的表情，坦蕩地笑了。

這樣啊，貴族的手法就是像這樣虛中帶實是吧。

……不過，她太天真了。

我是有那麼一瞬間差點就上當了，但我是個與人相處時會先保持懷疑態度的謹慎男人。

我輕輕抓住達克妮絲握著酒瓶的手。

「我才想這麼說呢。我只是個普通的冒險者，是最弱的職業。要是沒有妳們的話，我什麼都辦不到。尤其是達克妮絲，如果沒有妳，我們的小隊大概已經滅團好幾次了吧。所以應該是我要慰勞妳才對。好了，把酒杯交給我。我來為妳斟酒。」

「咦！」

我握著達克妮絲放在酒瓶上的手，而她如此驚叫出聲，似乎相當意外。

呆愣了一瞬之後，達克妮絲發現我打算拿走酒瓶。

「不、不用不用，沒關係啦，和真，有你這句話我就很開心了。而且我今晚是來慰勞你的，如果反而接受你的款待多不好意思。好了，你快放開酒瓶拿起酒杯吧，我為你斟酒。」

言詞上她的口吻是很平靜，但是手上卻為了不讓我搶走酒瓶而使勁抵抗。

看她這樣抵抗，果然是把藥塗在酒杯裡了吧。

「不不不，怎麼能讓身為貴族的妳為我斟酒呢，我擔當不起啊。偶爾讓我服侍一下大小姐嘛，不然的話，妳想想，我們明天不是要以護衛的身分進城裡嗎？到時候我搞不好會出什麼非常嚴重的紕漏喔。我總不能在公眾場合跟妳這個貴族過於熟稔，直呼妳的名諱吧！」

我在試圖搶走酒瓶的手上多用了點力，終於讓達克妮絲顯露出本性來了。

「夠了，煩不煩啊，把你的手放開！平常對待我的態度明明就很隨便，事到如今才臨時裝乖怎麼可能有用！再說了，你這個傢伙在來到這裡的路上明明才罵過我完全沒派上用場！你平常就瞧不起我，經常說我是個在關鍵時刻派不上用場的女人，但十字騎士是負責防禦的職業，根本就不會表現得太搶眼啊！」

「妳才應該把手放開！明明就沒有真的要慰勞我的意思，如果想慰勞我的話就別請我喝酒，用身體伺候我還比較讓我開心啦！喂，妳在這個酒杯上塗了什麼東西對吧，如果妳問心無愧的話就喝給我看！」

我們完全互不相讓，終於彼此謾罵了起來。

「唔！我、我當然問心無愧！但就算問心無愧我還是不會喝這瓶酒，因為這是我對你的慰勞之意！這樣啊，比起酒你更想要我用身體慰勞你是吧。好我知道了，既然你都這麼說了，我就用身體慰勞你吧！給我躺到床上去！」

「妳這個傢伙，因為被我發現妳想對我下藥就惱羞成怒了是吧！好，既然妳都這麼說了，我就看妳要怎麼慰勞！」

在氣頭上口不擇言的我和達克妮絲，就這樣在彼此的情緒都不太對勁的狀況下，一路吵到床上去了。

我知道這個傢伙平常嘴上會說些奇怪的話，但是到了緊要關頭就會退縮。

我脫掉上衣，在床上躺成大字形。

「妳有本事就來啊！」

「你、你這個傢伙！」

面對打赤膊的我，達克妮絲大概是不知道該看哪裡，便轉過頭去。

「哦，怎麼啦怎麼啦？妳果然只會出一張嘴嘛，大小姐！我就知道，平常動不動就虧我遜咖又虧我什麼的，妳自己還不是一個親一下臉頰就害羞到不行的大小姐！」

「很好，我豈能被你這種平民繼續看扁下去！我說話算話，看我怎麼用身體慰勞你！」

說時遲那時快，達克妮絲已經壓到我身上來了。

但是，在進入推倒我的姿勢之後，接下來該怎麼辦她好像就不知道了。

「喂，妳說的用身體慰勞我該不會是要用這個姿勢幫我按摩的意思吧！妳應該很懂才對啊，因為妳平常就滿腦子不可告人的妄想嘛！」

「不、不准說什麼不可告人的妄想！我是達斯堤尼斯・福特・拉拉蒂娜。無論陷入多麼不利的狀況，也絕對不會逃避……！」

隨著「砰」的巨響，有人用力打開了房門。

出現在那裡的是身穿睡衣的惠惠，她站在門外，眼中閃爍著紅光。

「你們從剛才開始就乒乒乓乓的吵死人了！到底在幹什麼啊！」

看起來就像是被達克妮斯推倒的我，立刻向惠惠求救。

「惠惠，救救我！我要被侵犯了！」
「啊啊！你、你這個傢伙！」

5

「真是的，達克妮絲到底在想什麼啊？妳愛怎麼發情我都不會阻止妳，但是愛麗絲也在這間旅店裡面耶！妳想做這種事情，至少等回到家裡之後再說吧。」
「不是，不是這樣的惠惠！這是有理由的！」
對闖進房間裡來的惠惠打小報告，說自己差點被達克妮絲非禮的我表示：
「還敢說不是，明明連對我下藥這招都用上了。妳在酒杯裡塗了安眠藥對吧？如果妳想說自己沒做這種事情的話，就用妳拿來的酒杯喝酒看看啊。妳想用藥讓我睡著之後，對我的身體惡作劇對吧？畢竟妳有這種前科嘛。」
「不不不不、不是……！事情不是這樣的，這是有正當理由……」
既然留有確切的證據，情況就是對達克妮絲比較不利。
而且證據還有另外一個。

「穿得那麼暴露還敢說不是。以那身差點就會露出很多地方的衣著，達克妮絲說什麼我都不會相信啦！快點從實招來！」

沒錯，那身比平常還要暴露的穿著完全成了反效果。

這個傢伙到底是在想什麼才會穿成這樣啊？

「這是那個！……嗚嗚，這是……我只是覺得和真在明天見面的時候有什麼奇怪的舉動就不好了，所以想對他下藥讓他睡個幾天，但是又覺得在這個娛樂大國一直睡覺好像有點可憐……」

「原來如此，所以妳才打扮成那樣，想說至少讓他嘗點甜頭是吧。如果情況允許的話還可以乾脆就這樣……！之類的，我看妳也稍微有點期待吧，真是的，妳果真是個好色的貴族千金！」

惠惠抓準這個機會狠狠訓了達克妮絲一頓，終於讓她死心了。

「不是……！嗚……嗚……我不再否認了，我就是好色的貴族千金……」

「就是說啊！要是達克妮絲的爸爸在阿克塞爾知道了這件事真不知道會說妳什麼呢！呼……呼……怎麼了，有話要說就說清楚啊！」

大概是欺負達克妮絲欺負得越來越起勁了吧，惠惠的呼吸變得越來越急促。

我偶爾會這麼覺得，其實這個傢伙還滿愛霸凌人的。

依然打著赤膊的我盤腿坐在被迫跪坐在床上的達克妮絲前面，趾高氣昂地說：

「妳這個傢伙真是的。我可沒有愚蠢到做出對愛麗絲沒有好處的事情好嗎？我並不會突然攻擊愛麗絲的未婚夫或是怎樣，放心吧。我只是對於違背當事人意願的婚約很感冒而已。在妳礙於情勢不得不和領主大叔結婚的時候，我不是也去救妳了嗎？」

「…………！」

或許是想起我去救她的時候發生的事情了吧，達克妮絲低著頭，耳朵微微泛紅。

「如果愛麗絲真的願意接受這樁婚事的話，我也不打算妨礙她。我討厭的只是那種其實不想結婚卻犧牲自己的狀況。身為貴族或公主碰上這種事情或許是無可奈何，但是發生在我認識的人身上我就是不爽。就算是沒想過要在一起的女生朋友，要是被別的男人搶走了，我心裡還是會不舒坦。」

「這個男人白天還把我們丟在別的男人面前自己跑掉，現在居然還有臉說這種話。」

「就是說啊，真想看一下這個傢伙的腦袋裡面到底裝的是什麼東西。」

「那是因為我相信妳們好嗎！妳們應該不是被那種陌生的土豪哥搭訕之後，就會跟他們怎樣的輕浮女人才對吧？」

聽我這麼說，兩人露出心情複雜的表情，一臉困惑地看著彼此。

「這個男人有時候真的很卑鄙呢。明明自己那麼恣意妄為。」

「真的。明明自己花心到很有可能跟陌生女人走掉還敢講，該說他依然只有那張嘴厲害好呢，還是說他狡猾好呢……」

哎呀，看來她們一點也不信任我呢。

不過，在白天分開行動的時候，我確實稍微找了一下這個城鎮有沒有像夢魔外約服務那種不太正當的店，所以也沒辦法反駁得太理直氣壯就是了。

這時，達克妮絲似乎已經看開了，站了起來。

「我知道了。和真，我不會再說什麼了。而且一直拒絕相親的我好像也沒有什麼權利和資格說三道四。要是發生了什麼事情，責任也由我扛，所以你愛怎麼做就怎麼做吧。有我們家當你的後盾。」

「那還真是不錯。是說，那個叫克萊兒的大姊也對我說了同樣的話。現在有兩個大貴族當我的靠山，稍微亂搞一下應該也有辦法解決吧。」

看見我拿那個刻了家紋的項鍊出來給她看，達克妮絲驚叫出聲：

「克萊兒大人已經信任你到願意將那種東西交給你了嗎？你知不知道那是怎樣的東西啊？」

「不知道，不過從妳的態度看來，我至少知道那個白套裝大姊比妳還要信任我。」

聽了我這句話，認識我的時間比克萊兒還要久的達克妮絲似乎對此有點不甘心，從脖子上解下看起來很類似的項鍊……

「和真，我信任你，所以我也要把這個……嗚嗚……要、要把這個給你嗎……」

「幹嘛啦，要給我就不要在那邊拖泥帶水的，要就快點交出來啊！喂，妳是怎樣，放開妳的手！」

達克妮絲對我遞出項鍊卻遲遲不肯放手，於是我硬是將項鍊從她手上扯下來，掛到自己的脖子上。

「無論如何，明天就交給我了。簡單來說，這次的主要目的是為了不讓那個什麼防衛費用的支援被取消，在談判的時候要哄得對方服服貼貼的對吧？如果是這樣，我不會壞事的啦。我當然不會讓愛麗絲陷入不幸啊。」

聽我這麼說。

「這樣啊……嗯，說的也是。我知道了，明天就交給你吧。愛麗絲殿下的事情就包在你身上了！如果一切都進行得非常順利的話，到時候……」

達克妮絲露出安心的表情。

「下次，我不會用親臉頰那種孩子氣的方式道謝，會給你更正式的謝禮……」

她用幾乎聽不見的音量嘟嘟噥噥地這麼說，但我用讀唇術技能看得一清二楚。

這件事我會牢牢銘記在心。

6

「哇啊——喂喂，這座城堡看起來就花了不少錢呢。達克妮絲，王都的經濟規模也好，王城的大小也罷，總覺得我們好像在很多方面都輸給他們耶。」

隔天早上。

我們來到埃爾羅得的王城，受到城堡之大與豪華所震懾。

「真是教人按捺不住啊，不知道對這裡施展爆裂魔法到底會變成怎樣。光是這樣想我就快要忍不住脫口開始詠唱了。」

「好，惠惠，接下來交給我們就可以了，妳可以回旅店去沒關係。」

聽惠惠立刻做出這種危險發言，達克妮絲一臉僵硬地如此牽制她。

「吶吶，我有一招才藝可以把城堡樓頂的旗幟換成阿克西斯教團標誌喔，表演這招的話大家會不會嚇一跳啊？」

「阿克婭、阿克婭，不如這樣，回到阿克塞爾之後我會請達斯堤尼斯家捐獻給阿克西斯教團。所以請妳今天乖一點吧。」

達克妮絲壓制住一直盯著城堡樓頂看的阿克婭，一臉快要哭出來的樣子。

笨蛋，分明我們整隊只有問題兒童，妳卻只提防我一個，所以才會變成這樣。

「好——我就來測試一下接下來要見的那個小鬼身為男人的斤兩吧。他到底能撐到什麼時候呢？」

「你這個傢伙，昨天晚上說的話都不算數了嗎！如果你想幹蠢事的話，就把我交給你的項鍊還給我……啊啊！」

達克妮絲朝我的脖子伸出手，但我躲開之後，迅速將刻有家紋的項鍊藏了起來。

「你你、你這個傢伙，你剛才把達斯堤尼斯家的項鍊放進哪裡了！在某種意義上，那形同是我們家的傳家之寶啊……！」

達克妮絲似乎對我藏東西的地方不太滿意而咄咄相逼，於是我對她說：

「喂，妳從剛才開始就一直很吵耶。妳把這裡當成什麼地方了？我們既是護衛，也是代表國家的使節。妳應該多注意一下禮節才對吧。」

「為什麼是我要被你罵啊！真是夠了，算我拜託你們，你們乖一點好不好……！」

看著一直吵鬧個沒完的我們，愛麗絲咯咯笑得很開心。

「明明今天是我第一次和王子見面，但幸虧有各位在，我一點也不緊張。非常感謝。」

「你看，人家愛麗絲多冷靜又多有禮貌，身為家臣的妳卻是最吵鬧的一個是怎樣？」

「你你你、你這個傢伙……！你以為到底是誰害我這麼吵的啊……！」

城裡的人說身為目前的城主的王子會親自出來迎接我們，所以要我們在城堡前面等候。

等了幾十分鐘的我們因為不耐煩而開始戲弄達克妮絲，就在這個時候——

「真是的，貝爾澤格的鄉下人就是這樣……別在王城前面大呼小叫的，你們到底懂不懂禮貌啊？」

一道小孩子特有的，還沒進入變聲期的尖細聲音響徹整座城堡。

從外表看來，他的年紀應該和愛麗絲差不多吧。

以那個年紀來說，他的身高出奇的高，和我差不了多少。

像是要展現自己的權力一般，帶著一大堆家臣出現在我們面前的，是個滿臉雀斑的紅髮少年。

從他頭上戴的那頂小王冠看來，這個傢伙應該就是愛麗絲的未婚夫了。

「看吧，都怪達克妮絲靜不下來，害我們劈頭就挨了一頓罵。」

「真是的，達克妮絲真的是喔。我們可是來見王族的耶，怎麼可以在這種地方吵鬧呢？

真是太不應該了。」

「咕嗚嗚嗚嗚嗚……！」

不僅是王子，就連身旁的惠惠和阿克婭也如此輕聲叮囑達克妮絲，讓她羞紅了臉，低下頭去。

「請問……」

這時，剛才還待在達克妮絲身後的愛麗絲，站到沒常識又不懂禮儀的廢物家臣前面去。

「您就是埃爾羅得的第一王子，雷維殿下嗎？我是貝爾澤格的第一王女，名叫愛麗絲。這次是為了見您而來到此地。今天能夠見到您一面，我感到非常高興。」

愛麗絲露出燦爛的笑容，用不會太大也不會太小的清新嗓音如此表示之後，再以兼具優雅與可愛的動作行了一個完美的禮。

大方站上前去護著達克妮絲的那個模樣，已經沒有我第一次見到她的時候那種文靜又怯懦的感覺，完全展現出一國的王女的風範。

「愛、愛麗絲殿下……！」

過去當成自己的妹妹一樣看待的主人如今變得如此傑出，讓達克妮絲感動到叫出聲來。

我好像也沒資格這麼說，不過克萊兒也好，這個傢伙也好，對愛麗絲都保護過頭了吧。

「妳就是我的未婚妻嗎？聽說貝爾澤格一族連女人小孩都是武鬥派，不過妳看起來很弱嘛。我本來想像的是看起來更強大，更威風凜凜的人，害我有點失望。」

「咦？啊，這個……不好意思……」

哦？

「而且護衛的人數這麼少是怎麼回事？貝爾澤格那麼沒錢嗎？別老是鍛鍊肌肉了，多鍛鍊一下賺錢的頭腦比較好喔！」

說完，雷維王子有點瞧不起我們似的笑了起來，而他帶來的家臣們也跟著放聲大笑。

這個小鬼是怎樣？第一次見面就說得這麼難聽。

我對王子的第一印象只有一句話，看起來就是個笨小孩。

還有，其他的家臣們感覺也很惹人厭。

應該說，不是說這個國家是友好國家，是同盟國嗎？

我怎麼都沒有這種感覺啊？

……這時，雷維王子的注意力似乎轉到在愛麗絲身後的我們身上。

跟在王子身後的家臣們似乎也一樣，將原本投射在愛麗絲身上的那種隱約有點鄙視的視線轉到我們身上來。

然後，幾名家臣看見阿克婭和惠惠之後忽然瞪大了眼睛，像是驚覺到什麼似的。

「妳的護衛也很不起眼呢，各個都還那麼年輕，裝備看起來也沒有多貴。真虧你們有辦

法平安來到這裡啊。」

然而王子並沒有發現家臣們的反應，繼續出言調侃我們。

但是，這次家臣們就沒有跟著笑了。

或許是覺得很奇怪，王子轉頭看向後面。

「你想找碴的話，我樂意奉陪。」

這時，眼睛發出紅光的惠惠向前踏出一大步。

7

那原本應該是外交上爾虞我詐的手法吧。

我不知道在那背後有什麼緣由，但這個王子的目的大概是想要挑釁我們，在我們心中留下壞印象而激怒我們，不會錯的。

但是，唯有一件事，他沒有算到——

「不是的！雷維王子對各位的國家並不熟悉，所以不知道紅魔族的存在！並不是真的要找碴才出言貶低妳……！」

「王子，請您好好看清楚對手！那是紅魔族，是連魔王都不敢小覷的麻煩對手。他們完全不懂什麼叫開玩笑，所以請不要隨便亂說話！」

「我、我知道了，是我不好！我承認是我不好，所以別再詠唱魔法了！」

聽了家臣們的建言之後，王子露出害怕的表情，對正在詠唱的惠惠道歉。

「這次我就放過你，不過可沒有下次了喔。吾乃惠惠，乃擅使爆裂魔法，葬送眾多魔王軍幹部之人。你還是別惹我生氣比較好。」

「我們知道的，惠惠大人，今後我們不會再讓這種事情發生！」

在跟班家臣之一如此道歉的同時，只有王子好像有點不滿。

我身邊的達克妮絲則是一臉快要哭出來的樣子，雙手按著太陽穴。

「雖然我搞不太懂，不過會乖乖道歉是一件好事。在你說我們是不起眼的護衛的時候，我本來也想讓你嘗嘗我神聖的拳頭，不過這次我也原諒你好了。」

阿克婭在事態好不容易快要平息的時候又這麼多嘴，惹得王子以懷疑的眼神看著她。

「大膽，區區的祭司竟敢對本王子……」

「王子、王子，那是阿克西斯教徒。而且從那頭藍髮和那身打扮看來，應該是相當虔誠的信徒！那可是據說比安樂少女還要難纏，比不死怪物還要耐打的阿克西斯教徒啊！」

原本打算將目標轉向阿克婭的王子被家臣如此嚴正警告，輕聲倒抽了一口氣。

「吶，可以不要把阿克西斯教徒說成像是安樂少女和不死怪物的同類好嗎！快道歉！居然把我們家的孩子們當成怪物，快點道歉！」

對於變得像個怪物奧客一樣的阿克婭感到害怕的王子，也用害怕的視線看著我和達克妮絲。

然後，他和身旁的家臣交頭接耳了起來。

『喂，照這樣看來，那個金髮的騎士也不是等閒之輩嘍？』

『王子，站在那裡的是達斯堤尼斯爵士。他們一族號稱王家之盾，每一代都出了很多擁有強大力量的騎士，與她為敵恐怕並非上策……』

兩人在耳語的時候沒有遮住嘴巴，所以我用讀唇術技能看得一清二楚。

然後，王子的視線自然而然也落到我身上……

『那就表示，那個不起眼的男人也……』

『不，那個人微臣沒見過也沒聽說過。大概只是跟來提行李或是什麼的吧。』

欠扁喔。

——這時，就在大家煩惱著該如何收拾這個場面的時候。

「現在到底是在吵什麼？」

一個相貌普通，但是身上穿著作工精細的華服，一看就知道是這個國家的高官的男人。

那個男人散發出更勝於王子的威嚴，從城堡裡悠然自得地走了出來。

「宰相大人！不，這是……」

家臣之一如此表示，讓我知道了來者是何種身分。

他似乎就是我昨天在餐廳裡吃飯的時候聽到的八卦中，那個現在掌管這國家的宰相了。

在現場的人無不畢恭畢敬時，愛麗絲整理了一下心情之後，向宰相打招呼。

「幸會。我是貝爾澤格的第一王女，名叫愛麗絲。能夠見到宰相大人，甚感榮幸。」

「不敢當不敢當，公主殿下如此可人，真不像是傳聞中的貝爾澤格一族呢。我是擔任宰相的拉格克萊夫，請您多多指教。」

瞬間平息了剛才的騷動之後，宰相殷勤地行了個禮，然後背對著我們邁開步伐。

所有人都鬆了一口氣，跟在他身後走。

「那麼，愛麗絲殿下一行人請跟我來。我們已經準備好要款待各位……」

就在這個時候——

阿克婭貼近到宰相身後，在他背上隨便亂摸了起來。

「這、這位祭司是怎麼回事？我背上有東西嗎？」

宰相不禁這麼問，而始作俑者阿克婭則是歪著頭說：

「我也搞不太懂，不過總覺得這位大叔怪怪的。可是身上又沒有惡魔臭味，也沒有不死怪物的氣息……吶，大叔，你有沒有什麼惡魔朋友啊？或者是養了野生的不死怪物之類？」

「非常抱歉，拉格克萊夫大人！這個人是出了名的怪胎阿克西斯教徒！」

見阿克婭突然說出這種失禮的話，達克妮絲連忙拉著她低頭道歉。

阿克婭聽了，開始亂打達克妮絲抓住她的手。

「不，既然是阿克西斯教徒就無可奈何了。沒關係，我真的不介意……」

至於被阿克婭亂摸的宰相，則是帶著僵硬的表情這麼說。

8

「這、這件事還請您務必幫忙！」

原本和宰相相談甚歡的愛麗絲大聲這麼說，傳遍了整個會場。

被帶到城堡裡的我們如同宰相所說，接受了款待。

不過，以如此繁榮的大國而言，這個宴會有點樸素就是了。

「就算您請我幫忙，我也無可奈何啊。我國的財政也相當吃緊。請看看這場宴會。就連款待重要的同盟國貝爾澤格的公主時，我們也落到必須像這樣撙節預算的地步了。所以，即使是愛麗絲殿下親自開口，我國也無法繼續負擔防衛費用。」

宰相只有表情顯得相當歉疚，嘴上明確表達出拒絕之意。

除了我們以外，只有王子、宰相和兩位的跟班們在這個小小的宴會廳裡，大家各自吃著東西。

「可是，就我在這個國家的見聞，感覺並不像是財政吃緊的樣子……」

在愛麗絲附近到處亂晃的我，豎起耳朵聽他們在談什麼，看來似乎是說到這次見面的主要目的了。

「不，那純粹只是看在外國人眼中的感覺罷了。這個國家的人民全都生活得很困苦，實在沒有多餘的錢可以支援貴國了……」

「這、這樣啊……」

聽宰相那麼說，愛麗絲沮喪地低下頭。

現在正是身為貴族的達克妮絲應該有所表現的時候，但是很遺憾的，她正在睜大眼睛監視著在會場裡恣意大吃大喝的那兩個問題兒童。

既然如此，這種時候應該由我出馬了吧。

「抱歉。我可以插一下話嗎？」

「兄、兄長大人？」

我插進正在談話的兩人之間，讓宰相臉上明顯露出厭惡之色。

「您應該是護衛沒錯吧。我和愛麗絲殿下現在正在談很重要的事情。您有話想說的話可以晚一點再說嗎？」

「不是不是，我是這個孩子的哥哥。所以應該算是暫時的監護人吧。」

宰相原本用一種你算哪根蔥的眼神看著我，但是在聽見哥哥兩個字時瞪大了眼睛。

跟班們輕聲表示「哥哥？」、「他就是傑帝斯王子嗎！」之類的聲音也從會場各處傳出。

「原來如此，我剛才聽愛麗絲殿下稱呼您為兄長大人，沒想到您就是……我聽說您在最前線對付魔王軍呢，大概是情報有誤吧。而且還是黑髮黑眼啊……難道是勇者的隔代遺傳嗎？」

宰相似乎也擅自誤會了我的真實身分。

他說什麼黑髮黑眼，又說什麼隔代遺傳的，冒出一些奇怪的發言，不過現在這樣對我正好。

「總之，無論是任何人來談，我國都無法繼續支援下去。非常抱歉，不過還是請兩位放棄吧。」

不知道是不是在提防我，宰相加強語氣這麼說。

原來如此，不愧是官拜宰相的人，看來想從他身上下手是不可能的。

不過……

「這樣啊……愛麗絲，那我們也去拜託雷維王子好了。如果王子說要給我們錢的話應該就沒關係了吧？」

「啥！我不是都說沒有多餘的錢了嗎，而且這個國家的政治是我在管理，無論王子說了什麼……」

這時，我一邊搓手，一邊把臉湊向臉色大變的宰相。

「我在街上聽到的傳聞說王子在政治方面也有決定權不是嗎？而且，街上的人們都在稱讚宰相大人喔，說景氣很好都是宰相大人的功勞……等等，大家說景氣很好耶？這樣不是很奇怪嗎？」

聽我這麼說，宰相露出一臉苦不堪言的表情。

「我知道了。不過，要找王子交涉的話請各位自便。因為我並沒有對王子表示意見的權限。」

並且冷淡地如此撇清關係。

好，這樣的發展應該還算不錯吧，反正那個王子感覺有點笨。

我和愛麗絲立刻去找王子，而宰相也跟了過來，像是要監視我們似的。

大概是想要適時插話，以免王子被我們說服吧。

「雷維王子，您玩得還開心嗎？我可以和您稍微聊一下嗎？」

愛麗絲對著和家臣們相談甚歡的王子笑著這麼說。

結果，原本看起來很開心的他立刻露出不開心的表情。

「現在不開心了。妳要聊什麼？我可沒有什麼話要和野蠻的貝爾澤格公主聊喔。」

然後對愛麗絲說出如此毒辣的話語……

好，我要教訓這個死小孩。

「喂，小鬼，你竟敢對我的妹妹如此出言不遜。你連所謂的禮儀都不懂嗎？瞧不起人啊？這是對待未婚妻的態度嗎，混帳！」

「兄、兄長大人！」

「啥！你這個傢伙，居然敢對本王子……兄長大人？」

我被愛麗絲拉著手臂，拖到房間角落。

「兄長大人，我拜託你，請你不要如此衝動。我國真的非常需要防衛費用以及發動攻勢所需的資金，無論如何都得拜託他們出資。否則的話，我們就連支付給各位冒險者的報酬都無法負擔。拜託你，請你為了我多加忍耐，嚥下這口氣好嗎？」

「……既然妳都這麼說了，我總不可能不聽吧。」

看見她楚楚可憐地如此央求，我也只好壓抑住在腹中翻騰的怒氣。

至於王子，他從遠方看著我，和宰相交頭接耳。

宰相大概是在說明我是誰吧。

但我不是愛麗絲的親哥哥就是了。

「嗨，剛才真是抱歉。有人在眼前辱罵自己的妹妹，我當然會生氣嘛。辱罵舍妹的你也有不對，所以還請你將這件事付諸流水吧。我剛才差點想叫腦袋有問題的紅魔族和阿克西斯教徒來對付你呢，雷維王子。」

「噫！沒、沒事，嗯。我也說得太過分了。我們就當作這件事沒發生過吧。」

大概是非常害怕紅魔族和阿克西斯教徒吧，王子的反應相當有趣。

就順著這個發展向他要錢好了。

愛麗絲也察覺到我的意圖，對我輕輕點了一下頭，仰頭望著王子說：

「其實是這樣的，王子，關於防衛費用的支援……」

「不行。」

愛麗絲的話還沒全部說完，王子已經如此斷然表示。

他的臉上已經沒有剛才那種害怕的表情，展現出身為一名王族的態度。

「我聽拉格克萊夫說過了。答案從一開始就已經定案，絕對不行。」

這個狀況就叫無從著手吧。

「請問，這是為什麼呢？如果我國因為得不到支援而戰敗，變成魔王領的話，下一個受害的就是這個國家了喔。」

「這種事情不需要你們來擔心。我已經盤算好了。應該說，今後我國並不打算與魔王軍為敵。所以，如果你們請求我國以支援防衛費用以外的形式協助你們，也只會造成我們的困擾。」

……

「這……！您、您這麼說是什麼意思？這樣的話，貴國與我國的同盟又該怎麼辦呢？」

「我們也有我們的考量。同盟的話要繼續也可以，但是我們不想刺激到魔王軍。對了，既然事情變成這樣了，我們的婚約也就此解除吧。反正原本就是我們的父母擅自決定的婚事。要和野蠻的貝爾澤格公主結婚，我從一開始就不願意。一聽到是個比男人還強的女孩，誰還想跟妳結婚啊？」

瞬間。

聽見這番話，唯有那麼一瞬間，我覺得愛麗絲好像露出開心的表情，但她又立刻眼中泛淚，雙手揪住王子的領子。

「要解除婚約我一點意見也沒有。可是，要是貴國完全斷絕支援的話……！」

「擺出那種表情也沒有用，如果妳還算是個王族……唔，別、別這樣，我的脖子……！住手，別這樣……！」

領子被愛麗絲緊緊揪住，害王子的臉色變得越來越蒼白，嚇得周圍的家臣連忙阻止她。

「咳咳……！妳、妳這個女人未免也太野蠻了吧！解除婚約果然是正確選擇，夠了，我們已經談完了，快點離開！」

眼中冒出淚水的王子對愛麗絲如此宣告。

「……我知道了。」

看見垂頭喪氣的愛麗絲，王子露出開心的表情。

「這樣啊。那麼……」

「我明天再過來。」

打斷了還有話想說的王子，愛麗絲堅定地這麼表示。

「……咦？」

愛麗絲鼓起小小的胸膛，對困惑的王子宣言：

「明天我會再過來一趟。不對，不只是明天。後天也是，再往後一天也是。無論要跑幾趟我都會過來拜訪，直到貴國願意支援我國為止。」

面對直視著自己的愛麗絲，王子張著嘴，愣了一下之後……

「隨、隨妳便！」

才回過神來這麼說。

一聽見這句話，愛麗絲便笑容滿面地說：

「是！我會再來的！」

愛麗絲留下這句話，便牽著我的手轉過頭去。

對著我們這樣的背影。

「喂，明天開始只准帶一個護衛過來！別再帶紅魔族和阿克西斯教徒來了！達斯堤尼斯家的千金也不准帶！妳只能和妳那個看起來很弱的哥哥過來！」

王子拋出這句話，作為最低限度的抵抗。

為武鬥派公主獻上讚賞！

1

隔天早上。

我和愛麗絲在旅店前目送大家離開。

「那麼，和真，我要出門了。我覺得今天一定會贏。因為我剛才喝茶的時候，茶梗立起來了。」

「阿克婭明明就是從一大早就開始反覆將茶水變成清水泡了又泡，直到茶梗立起來才罷休不是嗎？」

阿克婭要去賭場。

惠惠好像有個地方想要探索一下，所以單獨行動。

「和真，愛麗絲殿下就交給你照顧了。事情變成這樣讓我很慚愧，但是既然對方都叫我不准去了，我也無可奈何。我會調查這個城鎮，多少找點談判的籌碼回來。」

達克妮絲則是要去探索這個城鎮。

然後——

「那麼我們也要出門了。我們一定會要到支援金回來的！」

我和愛麗絲則是遵照昨天的宣言，決定立刻前往王城。

達克妮絲對我招了招手，示意要我過去。

「和真，不好意思，拜託你了。照理來說這應該是我的工作才對……」

「妳別放在心上，我會想辦法解決的。我不是說了嗎？我不會讓愛麗絲陷入不幸。」

聽了我的回答，達克妮絲一臉認真地點了一下頭。

「那我們走嘍。如果贏到很多錢的話，我再買禮物回來給和真！」

以阿克婭的這句話為開端，我們各自出門去了。

——來到王城的我和愛麗絲，立刻面臨了王子的考驗。

「您說要決鬥，是怎麼一回事……？」

我們被帶到訓練場來。

見愛麗絲一臉困惑，迎接了我們的王子帶著不懷好意的笑容說：

「很簡單，我認為談判在昨天就已經結束了。但是，你們說還想要繼續談下去。站在我

的立場，和你們繼續交涉下去也沒有好處。不過……」

王子這麼說完，朝著訓練場的騎士們展開手臂。

「我喜歡有趣的事物。如果你們和我這些部下戰鬥，並且得到勝利的話，我就再跟妳談談。如何？妳願意接受這個條件的話……」

「我接受！」

愛麗絲沒等到王子說完，立刻接受了他的提議。

然後一副理所當然似的拔出劍，興高采烈地站到王子面前。

原則上我的身分是護衛，但愛麗絲似乎不打算讓我戰鬥。

周遭的騎士們大概是沒想到這樣的少女會接受決鬥吧，瞬間愣了一下之後……

「雷維王子，請交給我吧！」

「不，讓我上！我來好好管教這個囂張的小女孩。」

「請等一下，我是這個騎士團當中最弱的一個。既然如此，應該由我第一個擔任她的對手才是最合理的做法……」

或許是覺得自己被外國人瞧不起了吧，騎士們爭先恐後地表示要上場。

王子看見這一幕，露出氣定神閒的表情。

「等等，你們先別急……喂，要對付騎士團的人是妳嗎？不叫妳那個哥哥上場沒關係嗎？」

然後對著愛麗絲語帶調侃地如此提議。

「無所謂。用不著兄長大人上場，我一個人就夠了。那麼各位，隨時候教！」

愛麗絲提著已經拔出來的劍，大方說出這種話。

不過難以忍受的，是那些騎士。

她剛才說的是「各位」。

換句話說——

「不是一對一嗎？即使是聲名遠播的武鬥派貝爾澤格一族的公主，這樣再怎麼說也太瞧不起我們了吧？」

一名看似騎士們的隊長的男子，帶著殺氣站上前來。

「我不是那個意思……不過，要我對付幾個人都可以，而且也已經準備好隨時開打了喔。」

或許是將她這番話當成挑釁了吧，那名男子不等開始的號令便高高舉起劍——

「『Extelion』！」

接著，愛麗絲隨手發出斬擊，將對方高舉過頭的劍砍飛了。

「……啥？」

不知道是誰這麼叫了一聲。

原本有的在笑，有的在生氣的騎士們全都靜止下來，訓練場的氣氛為之凍結。

「愛麗絲，妳動不動就把對手的劍弄壞的話要怎麼訓練啊？妳看，那邊有訓練用的鈍劍。換成那個吧。」

「啊！說的也是，非常抱歉……對不起，我不小心把你的劍弄壞了。」

愛麗絲一臉歉疚地道歉。至於那個劍被砍斷的男人……

「咦！這、這個，那個……沒、沒關係，小事別在意……？」

則是一臉還無法理解發生了什麼事情的樣子，如此回應。

在眾人一臉茫然地守候之下，愛麗絲快步走到牆邊，拿起掛在牆上的練習用的劍。

「那麼，請各位多多指教！」

然後對大家露出燦爛的笑容。

「——請、請問，這樣……我們可以繼續談下去了嗎？」

「可以。妳說什麼我都願意聽。」

死屍累累的訓練場上，躺著的都是動也不動的騎士們。

而王子乖得像個小媳婦似的，坐在他們之中。

明明對打得那麼激烈卻一滴汗也沒流，一臉淡定，將她拿在手上的訓練用劍刺進地面，對著王子笑了一下。

「謝謝你願意聽我說！那麼……」

「等等！我是說過願意聽妳說沒錯，但是可沒說願意支援你們！別自己想得太美了！」

王子做出這種像是猜拳輸了之後才說其實是三戰兩勝的發言。

「喂，愛麗絲，現在那些騎士都昏迷了。也就是說沒有人在看。這是個好機會，趁現在活埋這個傢伙之後走人吧。」

「噫！」

「不、不可以啦，兄長大人，這樣我們又拿不到錢！」

愛麗絲不是基於人道的理由，而是以拿不到錢為由否決我的提議。

我可愛的妹妹好像一直都在成長呢。

「……一成。」

王子發出呻吟般的聲音。

「咦？」

愛麗絲如此反問，王子便猛然抬起頭說：

「一成！我先給你們一成。也、也對，之前一直由我國支援的防衛費用突然說停就停，確實也是個問題。我們就繼續支援你們一成好了！」

「怎、怎麼這樣！只有一成的話，實在沒辦法……」

看見愛麗絲一臉難過，王子終於露出勝而驕矜的跩臉如此宣言：

「妳這個鄉巴佬倒是還滿能娛樂我的嘛，所以這是為此而給妳的獎賞！如果妳想要更多錢的話，就繼續滿足我吧！」

「我知道了！那麼，請派出追加的騎士團吧！」

「不對，我不是這個意思，誰要妳繼續虐待我的部下了！我是叫妳繼續娛樂我！」

對於愛麗絲出乎預料的反應，王子連忙訂正。

「娛樂您……那、那不然，這樣好了，我可以把我最寶貝的竹蜻蜓借給您一天……」

「妳是不是把我當白痴啊！那是小孩子玩的玩具吧，我的意思才不是這樣！」

王子大口喘著氣，對愛麗絲怒目相視。

「明天！明天妳再過來這裡一趟。到時候我會準備一個讓妳嚇破膽的對手。要是妳能打贏那個傢伙的話，我就再追加預算給你們。聽懂了吧！」

說完，他便離開了訓練場——

——離開王城，踏上歸途的我們。

愛麗絲低著頭，失落地說：

「兄長大人，我只有拿回一成……」

原本這次見面的目的，是要維持本來的支援，還要拜託他們追加更多資金，好讓我國發動攻勢。

結果反而被大砍預算，所以她才會這麼沮喪吧。

這並不是愛麗絲的錯就是了……

「妳在說什麼啊，一天就要回一成了耶。這樣只要每天都跑去王城威脅……我是說好好拜託他的話，只要二十天就可以拿到原本的兩倍啦。這樣想的話，成果算是相當不錯吧。」

不過我還是這樣隨口幫她打氣，讓愛麗絲抬起頭來，綻放出笑容。

「我覺得事情應該沒有那麼簡單，但是我打起精神來了。兄長大人，明天也麻煩你多多指教。」

「包在我身上。應該說，明天開始我也會盡量幫忙的。」

就像這樣。

從這一天起，我和愛麗絲的談判開始了——

2

「『Extelion』!」

「不不不、不會吧!」

慘叫聲在訓練場上響起。

當然是王子的慘叫聲。

「呵，看來你誤判了我的妹妹的實力了呢。區區獅鷲，根本不夠格當愛麗絲的對手。」

「你、你這個傢伙，一開始看見籠子裡的獅鷲的時候明明還大吵大鬧的說什麼卑鄙、犯規之類的嗎!」

現在，躺在我們眼前的，是一招就被砍成兩半的獅鷲的屍體。

獅鷲。

巨大的身體和民宅相當，能夠以翅膀飛上天，輕易抓走成年的牛馬，身如獅、頭如鷲，長了一對大翅膀的巨大怪物。

雖然不及龍，卻也讓許多冒險者都相當害怕，是極度危險的對手。

「兄長大人，我打贏了!」

「是、是啊，不愧是我的妹妹，幹得好！」

愛麗絲笑容滿面地快步跑到我身邊來，而我帶著略嫌僵硬的表情如此誇獎這樣的她。

「不好意思，雷維王子。依照我們的約定，這樣……」

「我、我知道了，我知道了！支援金我會再增額就是了，所以妳快點把劍收起來！不要用劍尖指著我！」

聽快要哭出來的王子這麼說，愛麗絲安心地鬆了口氣。

然而，王子的下一句話，讓她臉上的笑容蒙上陰霾。

「不過就只有增額而已。加上昨天的份，支援金是之前的一成五。好了，今天就先這樣……」

「怎麼這樣！拜託你，至少加到兩成吧！」

「噫！不要用劍尖指著我……喂，太近！劍尖都碰到我的臉頰了，妳想威脅我是吧！」

也難怪愛麗絲會激動到忍不住拿著劍就逼近王子了。

「這才不是威脅，我只是想和您談判……」

「那就快點把劍收起來啊！」

哭喪著臉的王子或許是為了守住身為王族的原則，即使劍尖就在眼前也不屈服於威脅。

我原本還以為他只是個死小孩罷了，看來倒是意外的還有點毅力。

不過，這個王子一直把我們當成鄉巴佬，瞧不起我們。

既然如此——

「那麼，你要不要和我一決勝負？」

我就針對他的自視甚高下手吧。

「誰、誰還要和你打啊——」

「等等，你別誤會了。連我的妹妹都打不贏的人，要是和葬送了好幾個魔王軍幹部的我戰鬥的話，別說是這個國家的騎士了，即使是獅鷲也打不過我。沒錯，要打的話就得帶龍過來才行了吧。」

聽我這麼說，王子緊張地吞了口口水，而知道我的實力如何的愛麗絲則是用一種「這個人在說什麼啊」的眼神看著我。

別用那種眼神看我好嗎，害我有點受傷。

「我說的是用遊戲來一決勝負。你好歹也是在賭場大國當王子的人，應該也很喜歡賭才對吧？」

昨天，在我們回到旅店之後，達克妮絲將她針對這個王子所收集的情報告訴了我們。

她的情報指出，這個王子對於遊戲、賭博之類的行為毫無抵抗力。

應該說，埃爾羅得這個國家就是以賭場立國。

既然如此，開國者的子孫會喜歡賭博也是理所當然。

「你要和我用遊戲一決勝負？意思是如果贏了就要我增加支援金嗎？」

「就是這麼回事。賭博在賭贏了之後，不是會有翻倍的機會嗎？要不要和我賭一把？」

王子果然一點就通，立刻理解了我的意圖。

達克妮絲收集到的情報當中也指出，王子是個不服輸的人。

這次讓我發現在戰鬥方面很難派上用場的達克妮絲，在做這種枯燥的工作時意外能幹。

順道一提，剩下兩個人的其中一個在賭場花光了所有的零用錢，另外一個則是再次跑去昨天那個大蔥鴨養殖場，還很開心的說她用達克妮絲給她的零用錢清光了剩下的大蔥鴨。

關於這次的事情，我不認為她們兩個有辦法派上用場，所以決定暫時不理她們。

王子思考了一下之後，用力點了一下頭。

「好吧，要是我輸了，支援金就從一成五加到兩成。那麼，要是你輸了，你要付出什麼代價？」

糟糕，我沒有想到代價的問題。

既然是國家層級的預算，金額肯定相當龐大吧。

與之等值的東西就只有……

「我知道了，不然這樣吧。如果你贏了，我就給你舍妹的搥肩券。」

「我會加油的。」

「你白痴啊，誰收到那種東西會高興啊！錢啦錢！要就給我錢，不然就給我具有相當價值的東西！」

我們就是因為沒有錢才來要錢的耶。

這時，愛麗絲戰戰兢兢地從口袋裡小心翼翼地拿出某樣東西。

「不然，如果我們輸了，這個竹蜻蜓就借你玩三天……」

「我都說過了，那種玩具我要了是能幹嘛，誰要那種東西啊！」

這個竹蜻蜓是那個吧，以前我給她的那個吧。

她還好好保管著那種東西啊。

「夠了，不然你們輸了，支援金就歸零如何？不是減額，而是歸零。這原本就只是名為談判，實則是你們在耍任性，我都陪你們玩下去了，你們也該讓步到這種程度才對。我看你們接下來也打算每天報到吧，但是無論你們要到的金額變得多高，只要輸一次就會歸零。如何，這樣你們也要賭嗎？」

王子得意地笑著，像是在挑釁我們似的。

原來如此，只要我們輸一次，王子就可以全部翻盤。

我覺得這招相當不錯。

——如果要一決勝負的對手不是我和愛麗絲的話。

「好，就這樣吧。那麼，要比什麼就由我決定嘍。」

或許是沒想到我會一口答應吧，王子露出驚訝的表情。

而我在王子的眼前，從錢包裡拿出一枚硬幣。

接著我將雙手藏到背後去，然後握起雙拳，伸到王子面前。

「內容非常單純。你猜猜看一百艾莉絲硬幣在哪裡。」

「……也就是說，你打算用純粹的賭博來一決勝負嗎？你這個傢伙是白痴嗎？現在已經來不及取消了喔。」

聽見我要比什麼之後，王子以憐憫的眼光看著我，而愛麗絲則是赫然驚覺了什麼，叫出聲音來。

「這麼說來，兄長大人的運氣無以倫比呢！原來如此，這樣一來……！」

「……什麼？」

聽見這句話，一顆汗珠從王子的臉上滑落。

但是，事到如今大概也沒辦法說不賭了吧，他凝視著我緊握的拳頭半晌之後……！

「這邊……不對，是這邊！我決定猜這邊！」

王子指的是我的右拳。

聽了他的答案之後，愛麗絲握起雙手祈禱。

看見我上揚的嘴角，王子驚訝地瞪大了眼睛。

「可惜！猜錯了！」

「可惡——————！」

我張開王子指的那個拳頭給他看，裡面當然是空的。

「太好了，兄長大人！這樣就有兩成了！兩成了耶！」

愛麗絲天真的為此感到高興，但王子露出氣定神閒的表情，得意地笑著。

「不過就是贏了一次罷了，別太得意喔！我和你們不一樣，只要贏一次就可以了。明天開始你們可得繃緊神經啊！」

3

「『Sacred Lightning Blare』——！」

一道白色的閃電落在訓練場的正中間。

閃電化為耀眼的光之奔流，隨著暴風一起襲捲現場。

「「噫──────！」」

縮在訓練場一角的我和王子抱頭蹲下，放聲慘叫。

在凌厲的巨響平息之後，場上只剩下大量的石材。

我想，剛才那招大概是勇者在和最終頭目戰鬥的時候使用的魔法吧。

「兄長大人，我打贏了！」

引發如此慘狀的罪魁禍首笑容滿面地奔向我。

愛麗絲今天的對手是一大群魔像。

王子認為一對一的話無論找來多大咖的怪物都打不贏，所以改變策略，試圖以數量壓倒她，結果卻是……

「幹得好，不愧是我的妹妹。你覺得呢？別再做這種不乾不脆的事情了，乖乖照舊援助我們如何？」

「你這個傢伙剛才不是還和我一起抱頭慘叫嗎？先不說這個了，如果你們想要我的支援金的話，就得一直賭贏我才行。現在的預算是兩成五。接下來你要怎麼辦？今天也要和我一決勝負嗎？」

我默默將艾莉絲硬幣拿到笑得狂妄的王子面前給他看。

「哼，算你有膽識！我不知道你的運氣有多好，但我也是以賭場聚財的埃爾羅得的王族。你究竟還能連勝到什麼時候呢？」

聽王子這麼說的同時，我默默將硬幣往上彈。

接著迅速握近手中之後，我將雙手藏到背後——

「——事情就是這樣，現在已經恢復到三成了。照這個樣子賭下去，一個星期之後就可以恢復原狀了。」

「……該說果然厲害還是該說什麼呢。你的好運難道沒有辦法運用在貢獻世間的方面上嗎？」

今天也從王子手中獲得勝利的我，在旅店一面吃晚餐，一面報告截至目前的發展。

「和真先生和真先生。明天陪我一天好不好？我們一起去賭場嘛。明天一整天我都叫你和真大人就是了。」

「誰稀罕啊。是說，妳不是昨天賭了一天就把零用錢全都用光了嗎？那妳今天到底幹嘛還去啊？」

沒錯，我記得這個傢伙才剛到這個城鎮，就把達克妮絲給她的零用錢全部賠光了。

然而，阿克婭卻拿出看起來沉甸甸的錢包炫耀給我看。

「我今天去了一趟冒險者公會。你想想，在我們來到這裡的路上，愛麗絲不是打倒了一堆怪物嗎？聰明的我從愛麗絲打倒的怪物的屍體上，收集了公會會高價收購的部位。」

「你賣掉了愛麗絲打倒的怪物的部位是吧。喂，我不會要妳全部交出來，不過至少也繳一半出來吧。然後把那一半確實交給愛麗絲。」

正當我打算沒收她的錢包時，阿克婭就將錢包抱在肚子前面，整個人窩起來，採取防禦態勢。

「那個，兄長大人。我不是冒險者，沒辦法請公會收購怪物素材，所以沒關係……」

「妳不用幫她說話，愛麗絲。要是太放縱這個傢伙只會讓她得寸進尺。」

或許是認為再這樣下去會被沒收，阿克婭迅速站起來進入戰鬥態勢。正當我和這樣的她對峙的時候，吃完晚餐的惠惠邊擦嘴邊說：

「明天我會顧好阿克婭的。要是放著她不管的話，搞不好還會向賭場借錢。」

也好，這個傢伙應該不至於像阿克婭那樣賭到無法脫身才對。

「我也沒有什麼事情要繼續調查了，明天開始該怎麼辦才好呢？」

聽達克妮絲這麼說，阿克婭像是忽然想到了什麼，湊到她身邊說：

「吶，達克妮絲，不然明天妳也一起來好了。身為賭場前輩，我能教妳很多東西喔。」

「……妳該不會是想要在花光零用錢之後再找我要吧？」

看來阿克婭是打算要錢無誤。

沒有理會鼓起臉頰表示抗議的阿克婭——

「總而言之，支援金什麼的就交給我了。我會繼續從那個王子身上搶回來的。」

我和愛麗絲對彼此點頭示意，將照顧阿克婭的責任推給顯得不太情願的達克妮絲。

——在那之後。

「可惜，猜錯了！」

「為什麼啊啊啊啊啊！」

我和愛麗絲打著談判的名目每天去王城報到，已經過了一個星期。

因為終於沒有能夠與之一戰的對手了，愛麗絲被排除在賽局之外，賭上預算的戰鬥完全只剩下王子與我的對決。

取而代之的，是只猜硬幣在哪隻手的簡單賭博增加為一天兩次，而正因為單純，更容易激起王子不服輸的個性。

「太好了，兄長大人，這樣防衛預算就完全恢復到原來的水準了！剩下的就是我們原本的目的，為了和魔王軍作戰，拜託他們出發動攻勢用的支援金……」

「等、等一下等一下！那個支援金免談。繼續支援防衛費用姑且不論，要我國為進攻魔王軍出錢會有很多問題。」

照王子之前的表現，我原本還以為他會當成上訴的機會而一口答應的，沒想到他的態度意外的慎重。

「喂，你就這樣完全沒有贏過我也沒關係嗎？我可是你動不動就蔑稱是鄉下的國家的人，你身為賭場大國的王子在賭博上輸給我還輸得那麼悽慘，真的沒問題嗎？」

儘管我拚命挑釁，王子卻是嗤之以鼻。

「你挑釁得那麼明顯誰會中招啊。之前我之所以接受你的挑戰，是因為就算我輸了現狀也不會有任何改變，贏了就有正當理由可以正式終止給你們的支援。但是，我國不想刺激魔王軍。所以，我們無法出錢給你們發動攻勢。」

我原本以為這個傢伙只是個笨王子，沒想到他好像還滿難纏的。

沒辦法，這下只好揭曉我的手法了。

「真的嗎，你確定？你下次說不定會贏喔。」

「少囉嗦。之前明明一直輸的人怎麼可能突然就會贏了，你以為我是誰啊？我可是賭場大國的王子……喔……？」

原本一臉冷靜的王子，表情突然變得茫然，合不攏嘴。

他的視線鎖定的是我張開的右手

順道一提，王子剛才猜錯的時候，猜的是我的左手。

「兄長大人，難不成從第一次賭的時候開始，硬幣就不在任何一隻手上嗎？」

儘管沒有王子那麼誇張，愛麗絲也一樣露出驚訝的表情，而我對這樣的她說：

「是啊。聰明的愛麗絲應該還記得我說要一決勝負的時候是怎麼說的吧？」

「兄長大人是怎麼說的嗎？我想想……是『內容非常單純。你猜猜看一百艾莉絲硬幣在哪裡』對吧？……啊！」

「啊啊！」

在愛麗絲之後，王子好像也想通了。

「沒錯，我一開始就是這麼說的。『猜猜看硬幣在哪裡』。我說的並不是哪一隻手。問的純粹是硬幣在哪裡。至於最重要的硬幣所在之處，其實是在褲子後面的口袋裡！」

「哇啊！不愧是兄長大人！做這種奸詐狡猾之事無人能出其右！」

我不禁對眼睛閃閃發亮的愛麗絲說：

「妳這是在稱讚我沒錯吧？」

「對啊，是在稱讚你沒錯喔！」

愛麗絲說完咯咯嬌笑，而我心想她絕對不是在稱讚我，滿心狐疑地看著這樣的她，就在這個時候——

「混、混帳混帳混帳！你這傢伙竟敢對我使詐！身為王族，你不覺得這樣很卑鄙嗎！」

「一點也不。」

因為我又不是王族。

看見我這樣的態度，王子大口喘著氣說：

「……嘖，鄉巴佬就是這樣！算了，身為賭場大國的王子卻沒能看穿你的詐術，算我愚蠢。我不會叫你們還錢。」

最後，我對王子的挑釁還是沒有成功。

「無論你怎麼挑釁我都是白費力氣。防衛費用的支援金我們可以繼續照舊支付，但是不可能再多出了。絕對不可能……正確來說，表示連防衛費用的支援都應該終止的是拉格克萊夫就是了。我只是不想和鄉下女孩結婚，所以才決定配合他罷了。雖然到最後還是贏不了，不過我也玩得滿開心的。」

王子自顧自地丟下這樣的發言。

「那我們就這樣告別了。祝你們順利打倒魔王。」

最後說出如此言不由衷的話語，王子便趕我們出去。

「——事情就是這樣。我想教訓一下那個死小孩。」

「好，你說的對極了，和真。不過就是只會賺錢的埃爾羅得，哪能任他們瞧不起我貝爾澤格啊！居然將愛麗絲殿下看得那麼扁，那個小鬼，我要宰了他！」

回到旅店的我，瞞著沮喪到窩在自己的房間裡面的愛麗絲，找達克妮絲她們商量。

「我當然也沒有意見。沒錯，無論是要攻城還是要做什麼都包在我身上。就算是基層人員也是我的同伴，她被人瞧不起了我卻乖乖地不吭一聲的話，還能算是紅魔族嗎！」

「我不知道你要做什麼，但是愛麗絲給了我怪物的素材。如果要做的不是太可怕的事情，我也可以協助你喔。」

面對格外有幹勁的兩個人，加上搞不懂到底有沒有幹勁的一個人。

「我要讓那個死小孩為了小看我而後悔莫及……！」

我說出之前就為了因應萬一要不到支援金的狀況而想好的計畫——

4

——到了早上，窗戶透進亮光。

原本略嫌陰暗的房間裡開始有日光照進來。

在如此令人心曠神怡的黎明，我們的心情卻是低落到不行。

「喂——放我們出去！罪狀呢！說說看我們的罪狀是什麼啊！這是不當逮捕！」

阿克婭如此喊叫，大清早的就用力敲打著鐵柵欄。

沒錯，我們目前待在牢裡。

我原本以為完美的計畫竟然失敗了。

現在，我們所有人都被解除武裝，被關在警局的牢房裡。

警局的建築物本身是石材砌成的，不過以現在這個季節來說意外暖和。

牢房也完全是石砌的，再嵌上鐵柵欄，裡面的東西只有制止鬧事的囚犯用的鐵鍊，還有簡便的廁所而已。

不知為何，達克妮絲紅著臉頰，動也不動地跪坐在牢裡，然後一直盯著鐵鍊看，害我介意到不行。

聽阿克婭那麼說，在牢房前面寫著文件的看守臉上的表情一僵。

「妳、妳問罪狀……？我還真沒想到有人敢裝傻裝到這種程度……你們大半夜的在城鎮附近使用那種會發出巨響的大魔法，總不會以為沒有人會罵你們吧？」

惠惠雙手握著牢房的鐵柵欄說：

「在我住的城鎮，警察只會警告我說『這樣會影響城鎮周邊的地形，下次要去更遠的地方喔』而已啊。而且這還是我在這個城鎮附近第一次施展魔法而已耶。這個國家的人的心胸未免也太狹隘了吧。」

「白痴喔！說起來應該是你們的國家的那些人比較奇怪才對吧！城鎮裡的居民們全都嚇得跳下床，還以為戰爭開打了耶！」

看守說的很對。

「再過一段時間，檢察官就會來了。有什麼要辯解的話就對檢察官說吧。不過，在深夜使用魔法吵醒居民並不是什麼太重大的罪狀。我想大概罰個錢就可以了事，總之在檢察官過來之前給我乖乖待著，別再吵鬧了。」

聽看守如此表示之後，我們沒有再多說什麼，乖乖在牢裡等待。

——昨晚，我們算準了大家都已經熟睡的時候，趁著門衛不注意，偷偷溜到城鎮外。

一開始我的想法是只要能夠稍微造成王城內的慌亂就可以了，所以拜託大家在遠離城鎮的地方引發一陣騷動。

但是，惠惠突然說出「只要有個稍微高起來的小丘，我就可以讓爆裂魔法的聲音傳到王城裡去，這個我很習慣了」之類的神祕發言，於是我採用了她的方案。

在城鎮外面施展魔法，然後我趁亂隻身混進王城之中。

潛入王子的寢室之後，在他的枕頭旁邊留下小刀和紙條。

紙條上面這樣寫著——

『愚蠢的人類啊，別以為只要宣告中立就可以逃過一劫。等到可恨的貝爾澤格滅亡之後，下一個就輪到你了！』

……就像這樣。

醞釀出我們魔王軍才不吃中立這一套的氣氛，讓他倒戈過來我們這邊。

也就是已經完全變成我們的拿手好戲的自導自演。

如果他因此而有了危機意識的話，或許會協助我們……

基於這樣的想法，我們採取了行動——

天色已經亮了，醒過來的人的嘈雜聲開始從建築物外面傳進來時，一名女子出現了。

那名女子一身俐落的打扮，工整的五官看起來就像在說自己很能幹似的，一頭紅髮綁成了馬尾，眼神相當銳利。

我想起了之前在阿克塞爾的那個名叫瑟娜的檢察官。

那個人也是像這樣給人一種很凶的感覺，不知道她現在過得好不好。

有小道消息指出，她好像解決了某個案件，回到王都當檢察官去了。

那名女子將披在身上的外套掛到牆上，泡起看似紅茶的飲料之後，瞄了牢裡的我們一眼，之後默默以眼神向看守示意。

她大概是想問「這些傢伙怎麼了？」之類的吧。

「由於深夜有人在城鎮外面使用爆裂魔法，我們趕往現場，發現這群人因為被不死怪物包圍而到處逃竄。我們不認為他們是在那種時間特地到城鎮外面去為了驅除不死怪物而使用爆裂魔法，所以才像這樣逮捕了他們。報告已經放在桌上了。」

看守有條不紊地這麼回答，然後指著桌上的文件。

牢房外面鋪著地毯，除了桌子以外還擺了椅子和沙發。

說這裡是警察的罪犯收容設施也沒人會信吧。

或許是發現了我的視線，檢察官喝了一口紅茶之後表示：

「這裡是繁華的賭場大國埃爾羅得。原本就不是凶惡的罪犯會來的城鎮。真要說的話，這個地方比較像是照顧散盡錢財，連旅店都住不起的人，還有避免醉倒的觀光客睡在外面凍死的收容設施……好了，那我就一個一個訊問你們吧。」

說完，她冰冷的眼神閃現光芒。

不知道是不是故意的，偵訊就在我們所待的牢房前面毫不遮掩地進行。

檢察官沒有把人另外帶到小房間裡面，而是在地毯上的桌子邊直接問案。

看守站在接受偵訊的人身後，以備在接受偵訊的人有任何可疑舉動的時候能立刻壓制。

原則上她接下來似乎是要一個一個訊問我們，不過我以為偵訊的時候之所以一個一個分開訊問，是為了避免同夥之間針對被問了什麼互通有無，藉以防止串供的情事發生。

然而，檢察官拿出的那個熟悉的道具，消除了我這樣的疑問。

「那麼，我有很多問題要問你們……順道一提，這是在有人說謊的時候就會發出聲響的魔道具……所以，即使你們想串供也沒有用，望勿見怪。」

說著，檢察官在桌子上放了一個小鈴。

然後她十指交錯，對眼前的人投以銳利的視線。

「……嗯，再怎麼說我也是十字騎士。我以自己所信仰的艾莉絲神之名宣誓，絕對不會在此說謊。」

……沒錯，她眼前的人正是臉頰不知為何泛紅，眼中閃現期待的光芒的達克妮絲。

檢察官先是輕聲對那個傢伙說了句「很好」。

接著，她看著報告，再次開口：

「職業是十字騎士。信仰是艾莉絲教……那麼，首先說出妳的名字……」

「我要保持緘默。」

達克妮絲毅然決然地如此表示。

「……啊？」

檢察官忍不住抬起頭，一臉狐疑地看著達克妮絲。

「我說我要保持緘默。如果妳想知道本小姐的名字，看是要拷問還是要審問都可以！但是，賭上尊貴的達斯堤尼斯家之名，我可不會輕易說出口！」

「達斯堤尼斯小姐是吧……不好意思，什麼拷問還是審問的，我不來這套。現在不需要用那種古早時代的手段，這個時代只要用魔法，想怎麼查明真偽都可以。妳放心吧……達斯堤尼斯家……是那個有名的達斯堤尼斯家嗎？……不可能吧……可是，鈴又沒有響……？」

檢察官一臉狐疑地看著鈴，嘴裡唸唸有詞。

……照這個狀況看來，我一個人說明這個情況是不是比較好啊？

想到接下來大概會出現的發展，我開始覺得檢察官很可憐了。

「那麼，達斯堤尼斯小姐。你們為什麼要在那種地方施展魔法呢？」

「我要保持緘默。想讓我從實招來的話，就盡全力逼我招供吧。」

這時，達克妮絲還是堅決拒絕配合偵訊。

真是個找人麻煩又難搞的傢伙。

「……妳保持緘默的話，我會認為是有什麼不可告人之事喔。我剛才說不會用那種古早時代的手段，不過這裡還是留有相應的道具。雖然我並不打算使用就是了。妳別擔心，刑責不會太重。所以妳還是別逞強了，乖乖說出一切比較好喔。若是認定嫌疑人隱瞞了什麼重大事案，檢察官有權施行拷問。我勸妳還是別做出這種輕率的舉動……」

「正合我意！不如說直接對我用最重的大刑吧！」

達克妮絲沒有等檢察官說完就朝桌子挺身向前，如此大喊，讓檢察官整個人稍微後仰，臉上不住抽搐。

然後，她看著桌子上的鈴。

……鈴當然沒有響。

看著那個沒有響的鈴，檢察官的臉抽搐得更厲害了。

「……那個，我問完了……下一位！」

「——太失望了……被抓起來審問或是拷問，這種情境在我的人生之中恐怕不會有第二次了啊。竟然在轉瞬之間就結束了……」

「妳這個傢伙，別因為自己的性癖給別人添那麼多麻煩好嗎？」

和下一個接受偵訊的惠惠交換而回到牢裡的達克妮絲，表情是一臉失落。

檢察官略顯疲憊的表情，看得我有點於心不忍。

惠惠在椅子上坐下之後，檢察官重振精神，板起臉來，再次將十指交錯的雙手放到桌上。

「……好了，妳是施展魔法的那個人對吧。職業應該是大法師。那麼，首先請教一下妳的名字。」

「我叫惠惠。」

檢察官依然互握著雙手，板著的臉也沒有鬆懈。

「……妳剛才說什麼？」

「我說我叫惠惠。」

聽惠惠這麼說，檢察官不經意地看了一下鈴。

……鈴當然沒有響。

看見她的舉動，惠惠表示：

「喂，妳對我的名字有意見就說啊，我洗耳恭聽。」

「不、不是！非常抱歉，是我失禮了。」

惠惠的那番話讓檢察官赫然驚覺自己的舉動，連忙調適了一下心情。

「那麼，妳為什麼要在深夜施展那麼危險的魔法，可以請教一下嗎？」

「我有個每天必做的例行公事叫一日一爆裂。我在阿克塞爾的時候，還曾經在鎮上當成煙火施放。」

聽了惠惠這句話，檢察官整個人僵住。

然後她依舊偷看了一下鈴，鈴當然沒有響。

雖然沒有回答到剛才的問題，但是檢察官似乎對她所說的一日一爆裂產生了興趣。

「……所謂的一日一爆裂，如果沒有施展魔法的話妳到底會怎樣？」

「我完全沒有要想那種事情的意思。我想，在某些情況下可能難逃砰一下爆掉的命運就是了。」

砰一下爆掉是什麼意思？

檢察官似乎也這麼想，望著那個不響的鈴輕聲唸唸有詞。

應該說，為什麼那個鈴沒有響啊？

難不成真的會爆掉嗎？

「那麼，我換個問題。在深夜施展爆裂魔法……妳覺得這樣的行為如何？不覺得這是一種不好的行為嗎？」

「不覺得。因為我的前世必定是破壞神無誤。所以破壞行為是正當的。」

檢察官將視線從胡言亂語的惠惠身上移開，看向測謊鈴。

鈴當然沒有響。

……那個鈴該不會是壞了吧？

「吶，阿克婭，今天的妳真是美艷動人到攝人心魂啊。」

「哎呀，怎麼啦，突然說這種話？和真到底是怎麼了呢？是不是因為之前我們被搭訕了，其實你打翻了醋罈子……」

叮鈴——

阿克婭的話還沒說完，桌子上的鈴突然響了。

「……請不要妨礙偵訊。」

「不好意思，因為我很在意那個鈴是不是壞了……哇啊！喂，住手，怎樣啦，我明明在稱讚妳，妳幹嘛掐住我的脖子啊！再說了，之前妳想測試測謊鈴有沒有壞掉的時候，還不是對我做過同樣的事情！」

在我拉開掐住我的脖子的阿克婭時，對於測謊鈴發出聲響感到有點安心的檢察官態度稍有軟化。

「那麼，我再問一次。為什麼妳要在半夜發爆裂魔法？」

然後這麼問惠惠。

「因為那是我的生存意義。」

聽惠惠這麼說，檢察官再次僵住。

她再次看向測謊鈴……

「…………我看，還是換下一位……」

看著響也不響的鈴，疲憊的檢察官雙肩一垮，一臉厭煩地這麼說。

「——我叫阿克婭。算是負責統整另外三個人的人，職責有點像是他們的監護人吧。」

阿克婭此話一出，讓牢裡的我們三個驚訝得瞪著阿克婭看。

正確說來，是看向放在阿克婭面前的測謊鈴。

「阿克婭小姐……是吧。和水之女神的名字一樣呢。」

在檢察官這麼回應的時候，不知為何，鈴沒有響。

……怪了？

「吶，那個魔道具為什麼沒有響啊？」

「本人說服自己所言屬實的話，就不會被認定是謊言。惠惠在說那些奇怪的話的時候，鈴也沒有響對吧？」

「喂，妳說奇怪的事情是指哪些啊？說清楚，我洗耳恭聽。」

如果相信達克妮絲的說詞，那個呆瓜真的認為自己是我們的監護人嘍？

是的話我還真想賞她一巴掌。

「那麼，請問一下。你們到底是為什麼會在那個時間出現在那種地方呢？」

「和我們同行的那個名叫和真的男人，一年到頭性慾都強到無法克制，所以我們擔心他會趁我們不注意的時候夜襲鎮上的良家婦女，才把他拖到那裡去。」

那個傢伙想報復我為了弄響那個鈴而說的謊是吧。

應該說，剛才她說自己負責統整我們，是我們的監護人之類的發言，真的是像達克妮絲說的那樣，純粹只是她自己那麼說服自己嗎？我還以為是那個傢伙有問題的腦袋在正常運轉而已呢……

檢察官不禁看向測謊鈴，不知為何，這次鈴也沒響。

看見這個狀況，檢察官看著我的眼神變得略帶輕蔑。

……不、不是這樣啦。

話說回來，那個鈴是不是真的壞掉了啊？

「我看看，那麼……你們為什麼要在深夜的那種時間施展爆裂魔法……？」

「為了保護這個城鎮免受逼近而至的大群怪物侵襲。沒錯，和他們三個人一起，在深夜悄悄保護這個城鎮的，正是本小姐！」

阿克婭都開始扯出這種瞞天大謊了，鈴還是沒響。

檢察官見狀，終於疲憊到呈現出耗弱狀態了。

「……看來……妳並沒有說謊。竟有此事……你們保護了這個城鎮嗎……？」

檢察官隨即露出一臉歉疚的表情，以真摯的眼神看著阿克婭。

她端正坐姿，然後再次面對阿克婭。

「請讓我代表這個城鎮向妳道謝。妳是阿克婭小姐對吧。職業……我想應該是大祭司吧？」

聽檢察官這麼說，阿克婭突然站了起來。

然後……！

「呵呵，大祭司只是我的偽裝！沒什麼好隱瞞的了，本小姐正是如假包換的水之女神！沒錯。我就是阿克婭女神本人！」

她這麼說完，不只檢察官和我們，甚至連看守都盯著測謊鈴看。

……鈴沒有響。

檢察官見狀嘆了口氣，喃喃說道：

「什麼嘛，故障了啊……」

「為什麼啦——！」

開始大鬧的阿克婭被看守壓制住，再次被推回牢房裡面來。

結束了她們三個的偵訊之後，檢察官要看守將那個會叮鈴作響的魔道具收回去，然後揉了揉自己的眼頭，一副很疲憊的樣子。

……真是可憐她了。

我一方面對這樣的檢察官感到同情，同時輕聲問了回到牢裡來的阿克婭。

「喂，為什麼妳說話的時候那個鈴沒有響？是不是有什麼方便的魔法啊？」

對於我的疑問……

「那種測謊鈴，感應的是人在說謊的時候散發出來的邪氣。我可是女神耶！即使說點小謊也不可能產生邪氣喔！而且就算真的散發出邪氣，也會立刻消失在我光輝燦爛的神聖氣焰之中。如果要讓那種鈴對我產生反應，除非是說出嚴重的違心之論，扯出那種完全對不起自己的良心的瞞天大謊才行。」

阿克婭輕描淡寫地如此表示。

這個傢伙偶爾就會像是突然想起來似的發揮女神能力呢。

至於是好是壞就先姑且不論。

「……怪了？反過來說，也就是當妳說出違背良心的瞞天大謊就會有反應嘍？之前妳曾經在豪宅裡稱讚我，弄響了那種鈴對吧？也就是說那個時候……」

「那麼，最後一位……請過來。」

我回想起那個時候的狀況，正打算逼問阿克婭的時候，就被帶出牢房，來到聲音聽起來疲憊不堪的可憐檢察官身邊。

「——我真是太失禮了！沒想到，各位竟然真的和有名的達斯堤尼斯家以及詩芳尼亞家有淵源！」

在我面前的是態度已經完全軟化的檢察官。

達克妮絲和克萊兒託付給我的項鍊。

我將項鍊拿出來給檢察官小姐看過之後，她就一直不斷道歉。

「沒關係沒關係，我們在半夜施展了爆裂魔法也是無庸置疑的事實。不過呢……妳懂的。我們之所以做出那種事情也是有不方便公開的理由。妳也知道，我國和貴國既是同盟國，關係也相當友好對吧？我們這次造訪又是非公開行程，所以不希望事情鬧得太大……」

「是的，我懂。我當然懂了！要是沒有處理好的話，這會演變成外交問題呢！我當然不會追問理由！」

不愧是貴族的權力。

居然連檢察官都能讓她閉嘴，我還真是得到了非常了不起的道具呢。

「那麼，我們可以回去了嗎？」

聽我這麼說，檢察官似乎鬆了一口氣，露出笑容。

檢察官還特地送我們到警局的入口來。

就在這個時候——

「不好意思——您剛才說這個魔道具故障了，可是我怎麼檢查都找不到哪裡有故障的跡象耶？原則上，我還是會請有關單位拿去更換就是了……喂——這個是要準備拿去更換的東西，先收到倉庫裡面去——」

剛才的看守在檢察官的耳邊這麼說，然後如此吩咐了別的看守。

聽了看守的報告，檢察官疑惑地歪著頭。

不過，我總不可能說阿克婭真的是女神吧……

正當我這麼想的時候，檢察官偷偷看了我一眼。

「……我姑且有件事情想請教一下。那位藍髮的小姐剛才說，就是……您的性欲強到無法克制，要是她們不注意的話您就會夜襲鎮民，那番發言是……」

「是謊話！那些當然全部都是謊話！」

儘管聽我這麼說，檢察官還是稍微遠離了我。

「這、這樣啊。無論如何，我都沒有任何意見就是了……」

聽見和我稍微保持了一點距離的檢察官這麼說，達克妮絲輕輕拍了一下我的肩膀。

「怎、怎麼說呢……我們都很信任你。無論和你兩個人獨處的時候有多麼毫無防備，你也不會犯錯，我們相信你不是那種男人。這樣不就夠了嗎。」

叮鈴——

聽達克妮絲這麼說，建築物深處有一樣東西發出聲響。

聽見那個聲響，檢察官往後退了一步遠離我。

「我們之中沒有一個覺得和真是會做出那種事情的人。比方說輪到和真顧營火的時候，會因為有點保持戒備而比較淺眠之類的，我們絕對不會這樣。」

叮鈴——

……檢察官不發一語，又退了一步。

然後，那個不會看場面的傢伙握起拳頭……！

沒關係，這個傢伙不要緊的，只要說的不是有愧良心的瞞天大謊，她就不會散發出邪惡之氣……

「我、我相信你！和真一點也不好色，也沒有夜襲過達克妮絲，其實擁有一顆非常善良的心又純潔，我真的這麼相信！我剛才說的那些全部都是謊話！」

叮鈴——叮鈴——叮鈴——叮鈴——

「叮叮叮叮叮個沒完的吵死人了！妳們都是那麼看我的嗎，混帳東西！不過我也多少有點自覺也會反省就是了，拜託妳們別再說了，對不起！」

5

我們回到旅店之後，看見淚眼汪汪的愛麗絲等著我們。

「兄長大人，幸虧你沒事！聽說各位遭到逮捕的時候，我還以為只能抱持發動戰爭的覺悟去劫獄了呢……」

「等一下，妳冷靜一點。放心吧，我們並沒有受到任何不當的對待。」

做出這種危險發言的武鬥派公主殿下過了好一陣子，總算是恢復了冷靜。

「所以兄長大人，你們到底是做了什麼事情才會被捕呢？原則上旅店的員工告訴了我兄長大人被捕這件事，但是沒告訴我詳情……」

我們是瞞著愛麗絲擅自行動，不過她的腦袋聰明，直覺敏銳，就算不告訴她，不久之後她也會自己查明真相吧。

我們說明了事情的來龍去脈之後，愛麗絲當場低下頭，動也不動。

達克妮絲見狀，像是想要乞求愛麗絲原諒似的，誠惶誠恐地伸出手。

「愛、愛麗絲殿下……？不好意思，我為和真與我們擅自行動而道歉。但是，這一切都是我們求好心切，才會……」

「……堪了……」

但愛麗絲沒有回應這樣的達克妮絲，嘴裡唸唸有詞。

「……愛麗絲殿下？」

達克妮絲如此追問。

「……太難堪了。」

這次，愛麗絲以我們也聽得見的音量，喃喃說道。

聽見這句話，達克妮絲不知道把平常的愚蠢發言和行動丟到哪裡去了，跪倒在愛麗絲面前，低下頭說：

「非常抱歉，愛麗絲殿下，這次的失態完全是我的失職所致。還請您恕罪……」

這時，愛麗絲輕輕伸出手，打斷了達克妮絲的發言。

「我是對自己感到難堪。談判的時候幾乎什麼都辦不到，多半都是交給兄長大人完成……然後，我原本的工作是求得追加的金援，卻遭到拒絕，還因此把自己關在房間裡面一蹶不振。我明明什麼都還沒有做……」

不，愛麗絲做的已經很多了。

應該說，要不是愛麗絲強成那樣的話，我和王子根本賭不起來。

也不知道我心裡是這麼想的，愛麗絲搖了搖頭。

「在我沮喪地哭哭啼啼的時候，拉拉蒂娜和兄長大人都拚命努力。照理來說，那原本應該是我的工作才對。」

不，一國的公主殿下不應該做那種事情吧。

但這種不解風情的吐嘈，我實在無法對現在的愛麗絲說出口。

這時，愛麗絲拿起靠牆立著的劍，然後面對依然跪著的達克妮絲說：

「達斯堤尼斯．福特．拉拉蒂娜。我接下來要進城，跟我來吧。」

「愛、愛麗絲殿下？」

愛麗絲突然以全名稱呼她，讓達克妮絲驚訝地抬起頭。

看見愛麗絲的表情之後，達克妮絲的臉頰泛紅，像個真正的騎士似的深深低下頭。

「然後，我會請求雷維王子給我國追加的支援金。沒錯……」

那並不是我第一次見到的愛麗絲。

而且，也不是我所知道的那個很愛笑、很愛生氣，對任何事物都很有興趣的愛麗絲。

「以身為勇者的後裔而廣為人知的貝爾澤格一族之名發誓。無論得用上何種手段，我也一定要硬是讓對方接受這個要求！」

「不愧是愛麗絲殿下！無論發生任何事情，我拉拉蒂娜都會保護您！」

站在這裡的，是如假包換的勇者後裔。

是一雙藍色的眼睛因面對戰鬥的預感而發出燦爛光輝的武鬥派公主。

——通往王城的大街。

愛麗絲以驚人的氣勢昂首闊步地走在路上，令路上的行人自然而然地讓出一條路來。

「喂，和真，你看看今天的愛麗絲殿下！啊啊，沒想到我能夠看見自己注定侍奉的主人如此尊爵不凡，英明神武的一面……身為守護國家的貴族，這是無上的喜悅啊！」

達克妮絲說出這種像是最喜歡愛麗絲的白套裝克萊兒會說的話，跟在愛麗絲身後半步的地方走著，並且以不同於平常的感覺喘著氣。

「今天的愛麗絲確實很帥氣，但是配上妳的廢柴模樣就完全被抵銷了喔。你好歹也是她的隨從，就不能再振作一點嗎？」

聽了我的吐嘈，達克妮絲心有不甘地咬著嘴唇，卻還是因為多少有點自覺而重新端正起鬆懈的表情。

我向這樣的達克妮絲問道：

「話說回來，愛麗絲心裡有什麼打算嗎？她說無論用什麼手段都要硬是讓對方接受這個要求是怎樣？是要就這樣闖進城裡，攻進寶物庫嗎？」

「你在說什麼傻話啊，無禮之徒！愛麗絲殿下怎麼可能做出那種事情！……殿下既然都說要不擇手段的話，倒是還有幾招可以用。應該說，那原本是貝爾澤格這個國家剛成立，還沒有什麼錢的時候，經常使用的手法……」

有那種手法的話就快點告訴我啊。

正當我打算這麼說的時候。

「您有何貴幹呢，愛麗絲公主？王子吩咐過我們，今後不得讓愛麗絲公主以及其相關人士進入王城，所以各位請回吧。」

「『Extelion』！」

愛麗絲才剛來到城堡前面，沒有多加理會試圖阻止我們的士兵，二話不說地對著緊閉的城門發出斬擊。

才這麼一招，看似堅固的城門就被攻破，發出鈍重低沉的聲音崩潰倒下。

「愛麗絲公主？您、您為何突然……！」

愛麗絲依然沒有理會困惑的士兵，大步前進。

知道憑自己一個人無法阻止我們的門衛，從胸口掏出笛子。

「嗶——！」

然後對著城內吹響尖銳的笛聲。

——通往謁見廳的走道上，堆滿了倒地不起的騎士和士兵們。

四處傳出中了劍身拍擊的那些人的呻吟。

「妳妳妳妳、妳做出這種事情，知、知不知道會有什麼後果啊！」

在這樣的環境之中，快要哭出來的王子，面對手上拿著白晃晃的利劍的愛麗絲，使盡全力虛張聲勢。

我把嘴巴湊到身旁的達克妮絲耳邊說：

「吶，我在來這個國家的路上也說過，她其實根本不需要我們對吧？」

「少、少囉嗦，閉上你的嘴！現在正是殿下表現的時候！」

她本人大概也多少有點自覺吧，在回答我的時候臉色有點紅。

緊緊跟在我身後的阿克婭看見充滿攻擊性的愛麗絲也相當害怕。

「和真，我開始擔心爵爾帝了耶，我好想回去喔。那個孩子一直沒看到我，現在一定在哭了吧。」

「那個傢伙只要走個三步就會忘記所有事情了，現在才開始擔心也來不及嘍。」

我緊緊抓住打算逃離現場的阿克婭的羽衣，留住了她。

這時，就在我做這些事情的時候，王子似乎激動了起來。

「喂，妳有沒聽啊，鄉巴佬！既然妳都做出這種事情來了，我國就要和妳的國家開戰！還在給妳的國家金援的其他國家也都會抗議喔！這可是會演變為嚴重的外交問題……！」

「雷維王子。」

原本還很吵的王子，被愛麗絲這麼叫了一聲之後像是被潑了冷水似的安靜了下來。

在這樣的王子身後，宰相帶著僵硬的表情一點一點往後退。

「我只是想和您會談而已。我可以為了方法太過粗暴而道歉，不過正如王子經常掛在嘴邊的，我國相當野蠻。這是不懂禮數的鄉下人所作所為，能不能請您多多包涵呢？」

「啥……那是什麼愚蠢的說詞……！」

正當王子因為愛麗絲的發言而憤怒到渾然忘我，眼看就要激動到最高點的時候。

「如果那種說詞你無法接受的話——」

一個有別於愛麗絲的平靜聲音，從我身後傳出。

眼睛發出紅光，高舉著法杖的惠惠向前踏出一大步。

「吾之爆裂魔法與愛麗絲的劍，將毀滅這個國家——」

「妳妳妳、妳說什麼！」

「惠惠小姐，請不要隨便插嘴！我沒有那個意思！」

將跳出來鬧場，破壞了自己的表現機會的惠惠推回後面來之後，氣勢被削弱的愛麗絲雙頰微微泛紅。

「那妳到底想要什麼？反正八成又是要追加金援吧，不過無論妳再怎麼威脅我……！」

王子不愧是王族，即使被逼得走投無路依然一步也不退讓。

「這個要求，本是當我國貝爾澤格才成立，還沒有什麼錢時，王族經常做的事……」

面對這樣的王子，愛麗絲將手上白晃晃的劍刺進謁見廳的地板上。

「請告訴我在這個國家造成最嚴重的損害，且最為強大的怪物。」

然後對著被她直率的眼神注視而顯得困惑的王子說：

「我貝爾澤格・史岱歷什・索德・愛麗絲，肯定會將其剷除給你們看。」

說完，她對王子露出嫣然一笑。

第五章

為不像話的陰謀劃下休止符！

1

龍。

不僅這個世界的人，就連沒有怪物存在的地球也無人不知，無人不曉，是最為主流的怪物。

可以說是最強大、最極致、最恐怖的存在。

打倒這種頂級的怪物的人會被稱為英雄，能夠得到任何想要的報酬。

而現在，那個怪物之王——

「不要————！不要————！我不要————————！」

「妳到底還要又哭又鬧到什麼時候啊，真是吵死人了！這次的對手非同小可，所以就連妳這種傢伙都得派上用場！」

沒錯，龍成了我們必須打倒的目標。

——事情要回溯到愛麗絲帥氣地說要剷除怪物的時候。

「妳要剷除對這個國家造成最嚴重的損害的怪物？剷除最強大的怪物？別說傻話了！我知道妳很強，但是這種事情肯定辦不到！」

激動的王子口沫橫飛地對著我們咆哮，對此，愛麗絲歪著頭說：

「辦不到也不成問題吧？我只是自作主張要去打倒那隻怪物而已。我會事先留書交代事情的原委，所以假如因此喪命也不會造成問題喔。」

「我要說的不是這個意思！就算是像妳這種傢伙，既然都和我說過幾句話了，要是死了我心裡也會不舒坦啊！我才不會讓妳這樣自殺呢！」

聽愛麗絲那麼說，王子面紅耳赤的如此大喊。

這個傢伙笨歸笨，不過似乎也不是真正的壞人。

「呵，真不知道你到底在怕什麼。的確，愛麗絲一個人要對付強大的怪物或許是有困難沒錯。不過，這裡還有我這個阿克塞爾第一的大魔法師在。好了，愛麗絲，我們一起去對付那隻威脅這個國家的怪物吧！」

「妳這個傢伙……！妳是不知道要對付什麼才敢說那種話！聽好了，對這個國家造成莫大的損害，而且偏偏挑了金礦築巢，現在也持續讓周邊的居民備感威脅的那隻怪物。那就是……」

「請等一下。」

王子正在反嗆惠惠時，宰相卻突然打斷了他。

「雷維殿下，不如就先讓他們試試看如何？畢竟他們本人都表示想這麼做了。而且，如果他們能夠設法解決住在金礦裡的那個怪物的話，也算是我們賺到。如果是尋常的冒險者或騎士，我可能還會說別胡亂刺激那個怪物而加以阻止，但愛麗絲殿下是繼承勇者血統的貝爾澤格一族的人。既然如此，應該不會輕易落敗才對。」

也不知道是覺得什麼事情那麼有趣，宰相笑嘻嘻地看著我們這麼說。

至於聽他這麼說的王子，則是完全沒有掩飾自己的不開心。

「……隨便你們！」

說完，王子便轉過頭去——

「——你們是在耍什麼笨啊，居然說要剷除龍！你們是笨蛋嗎？都是笨蛋嗎？」

「妳也差不多該死心了吧，除此之外也沒有別的方法了。而且妳想想，也差不多是我們該得到屠龍英雄稱號的時候了吧？畢竟我們都和魔王軍幹部還有邪神交手過了，事到如今去屠龍，妳不覺得反而有種降級打怪的感覺嗎？」

對於靠賭場和經商賺錢的這個國家而言，被龍占據的金礦或許並不是需要特地冒險去搶回來的資源吧。

但是，對我們而言，那是足以成為重要資金來源的地方，龍也是應該挑戰的對手。

「再說，妳自己不是也有養龍嗎？那事到如今也沒什麼好害怕的了吧。難不成等到爵爾帝長大妳就要棄養牠了嗎？」

「不要把我們家聰明伶俐的爵爾帝和隨隨便便的龍相提並論。那個孩子的頭腦很好，所以不會攻擊人啦。可是你想想，說穿了，野生的龍不就是很笨的蜥蜴嗎？」

被這個傢伙說笨，龍也太可憐了。

而且我記得，龍當中不是有智商很高的嗎？

「阿克婭大人，我會保護各位的，所以還請您幫忙。現在要對付的是龍，如果沒有您的支援魔法，再怎麼說也太吃力了……」

見愛麗絲一臉歉疚的這麼說，被比自己小的小孩子這樣拜託的阿克婭，大概是再怎麼說也沒辦法繼續耍賴下去了吧。

「……真拿妳沒辦法。好吧，我幫忙就是了，所以要是妳長大之後當上女王陛下的話，要封阿克西斯教為國教喔。」

「誰會允許那種招致混亂的事情發生啊！光是阿克西斯教團沒有被消滅掉，妳就該感激涕零了吧！」

正當我和阿克婭喋喋不休地鬥著嘴的時候，愛麗絲突然笑了出來。

而這樣的愛麗絲發現我們的眼光都集中在她身上，連忙揮了揮手表示。

「啊，不是啦！只是，我從以前就很嚮往這種像是冒險的事情，所以覺得現在的我們很像冒險者小隊，讓我覺得很開心……」

看著害羞地低下頭的愛麗絲我才想起來，這麼說來，這個孩子在和我交換身體的時候，反而還因為可以當冒險者而感到開心呢。

面對這樣的愛麗絲，惠惠哼笑了兩聲，裝出一副氣定神閒的態度。

「真是的，這不是兒戲喔。足不出戶的公主殿下就是這點不行，對事物的認知太過天真了……好吧。這種時候就該由本小姐好好教妳這個基層人員一些冒險者的心得了。」

「是！請多指教！」

正當達克妮絲看著像好朋友一般的兩人，不禁露出微笑時，惠惠也開始授課了。

「……嗯，愛麗絲，妳看這個。樹枝斷掉了對吧？所以前方有某種怪物的可能性恐怕很高。」

「不，我的感應敵人技能沒有任何反應，所以大概沒有喔。」

我表示附近沒有敵人之後，惠惠瞟了我一眼。

不久之後，她似乎重新振作了起來，開始朝金礦走去……

「愛麗絲，妳知道像這種長時間的冒險，最應該重視的東西是什麼嗎？沒錯，就是水。要是不幸碰上山難的話，最需要避免的狀況就是沒有東西可以喝了。所以要盡量節省帶在身上的飲用水……」

「需要水的話就交給我們吧！我跟和真先生都會用『Create Water』，所以大家可以放心多喝水喔！」

阿克婭打斷了看見愛麗絲在喝東西而叮嚀她的惠惠，並且立刻以「Create Water」製造出水來。

裝滿了愛麗絲的水壺之後，阿克婭便滿意地邁開步伐。

一臉有話想說的惠惠跟在她身後走著走著，不久之後看見一棵顯得特別大的樹。

「愛麗絲，快看這個！快看這棵樹上的刻痕！我曾經看過這種刻痕。看來這附近有殺人蜂的巢穴，大家要盡可能避免發出聲響……」

「好，大家都來摸著我吧。我會在前進的同時發動潛伏技能。如此一來怪物就不會發現我們了。」

「…………」

惠惠扁著嘴，以複雜的眼神看了我一眼之後，也把手放到我身上。

——就這麼前進了幾個小時之後。

「好了，強敵還在前面等著我們，先休息一下吧。愛麗絲，我告訴妳幾件在野外休息的時候應該注意的事情。首先，生火有可能吸引生物過來，所以在這種有凶暴怪物棲息的地方應該避免……」

「和真先生和真先生，來個『Tinder』吧。我想喝好喝的紅茶。」

「妳居然帶了紅茶的茶具來這種地方嗎？真拿妳沒辦法，那我也要喝。準備好嘍，『Tinder』。」

我對著阿克婭撿來的落葉和樹枝以點火魔法點起了火。

「唔喔喔喔喔喔喔！」

「哇啊啊啊啊啊——！妳這是在幹嘛啊惠惠，和真點的火都熄掉了！」

突然揮舞法杖滅掉火的惠惠表示：

「哪有什麼幹嘛不幹嘛的！在這種地方點火會引來怪物，我剛才不是才教過嗎，你們兩個是怎樣……！」

就在她如此大聲吶喊的時候。

「感應敵人技能有反應。喂，有怪物要來了！」

令人不快的碎裂聲。

不僅如此，又看見同時振翅飛走的鳥群，讓我深切體認到來者非同小可。

沒有火堆可用的阿克婭頓時大喊：

「都是惠惠大聲吵鬧害的啦！」

「是我嗎！也對，這個狀況怎麼看都是我惹出來的，非常抱歉！但是道歉歸道歉，我總覺得心裡非常悶！」

明明還沒到礦坑，真不知道這該算是運氣好還是不好。

看見那踏倒林木，引發地鳴的巨大身軀，難怪會被稱為怪物之王，讓我不禁心服口服。

我已經顧不得形象，放聲大喊：

「出現啦——————！」

金色的龍現身了。

龍。

2

這種巨大生物最喜歡會發光的東西，具有收集寶物的習性，打倒之後在得到名聲的同時還能夠獲得莫大的財富這件事更是為人所知。

這個傢伙之所以住進金礦裡面，也是被黃金吸引過來的吧。

由於龍以貪吃而聞名，牠的身體之所以變成這個顏色或許是因為啃食金礦石。

「和真，中大獎了！這個傢伙叫黃金龍，是眾多龍族當中收購單價最高的一種！吃了牠的肉可以一次跳好幾級，牠的血還可以製造一種稀少的魔藥——升技魔藥。堅硬得可怕的犄角和鱗片更能夠打造成最高品質的武器防具，出現在我們眼前的可以說是一座寶山啊！」

正當大家都因為突然出現的龍而害怕到全身僵硬的時候，唯有達克妮絲一個人舉起大劍，站上前去。

「愛麗絲殿下！我來吸引那隻龍的注意，您趁機從安全的位置攻擊！因為我並不擅長攻擊……！」

在如此大叫的同時發動了吸引敵人攻擊的技能「Decoy」的達克妮絲相當帥氣，讓我不禁懷疑她平常的窩囊表現都消失到哪裡去了。

如果這個傢伙平常都像這樣的話該有多好。

「好，惠惠，開始詠唱爆裂魔法！可以的話我想盡量避免用爆裂魔法將貴重的龍的身體炸得粉碎，但是如果愛麗絲實在處理不來的話也不用猶豫，妳就出招吧！阿克婭對愛麗絲和達克妮絲施展支援魔法！我會從遠方多少射個幾箭。」

「我我我我、我知道了……！別別、別怕，區區區區的龍算什麼，對上吾之爆裂魔法，也也、也和普通的蜥蜴沒兩樣……！」

「喂，偷懶尼特，不要在後面一箭一箭慢慢射了，你也給我發揮一點功用好嗎！」

以充滿血絲的眼睛看著達克妮絲的黃金龍，發揮出不像那巨大的身軀應有的速度，瞬間就拉近了距離。

在不擅長處理逆境的惠惠嚴重動搖之際，阿克婭儘管嘴上在對我抱怨，依然施展了大幅提升防禦力的支援魔法。

我也很想幫忙沒錯，但對手是龍，我能做的事情相當有限。

我的攻擊對上堅硬的龍鱗根本不管用，基本上光是靠近那隻龍我大概就會死掉了吧。

「要來就來吧，黃金龍！讓你見識一下人稱盾之一族的達斯堤尼斯家的實力！」

面對逼近的巨龍，身上散發出支援魔法的輕微光芒的達克妮絲毫不退縮，阻擋著牠。

看著這如同童話故事場景一般的景象，我發現愛麗絲在阿克婭對她施展了提升攻擊力的支援魔法之後，意外的低調。

我不經意看向愛麗絲。只見她舉著聖劍，閉上眼睛，動也不動。

這時，我發現愛麗絲身邊蕩漾著看似靜電，啪吱作響的閃耀光芒，便憑著龐大的動漫知識瞬間做出判斷。

這招不妙。

愛麗絲打算出的，大概是非常不妙的最強招。

這種事情我看得出來。

這是灌注身心靈的一切，在類似最終決戰的場合準備在最後來一發大的之類的時候出的招式。

「嘎吼吼吼吼吼吼……咕嚕嚕嚕嚕嚕……！」

或許是因為達克妮絲毫不動搖而對她有所戒備，黃金龍只有出聲威嚇，沒有立刻展開攻勢。

不愧是據說智能相當高的龍，然而只有在這種時候錯棋一步。

原本一直在集中精神的愛麗絲，用力睜開原本閉著的眼睛。

在附近蕩漾的魔力殘渣聚集到她高舉的劍上，散發出前所未見的耀眼光芒。

我能夠確認到的，就只有黃金龍在察覺到的時候驚訝又害怕地看著愛麗絲的模樣了。

「『Sacred Explode』——！」

隨著愛麗絲發揮全副心力的吶喊，一陣耀眼的光芒籠罩了金礦山——！

——埃爾羅得的王都是一片歡欣鼓舞。

「龍被除掉了！貝爾澤格的公主討伐了金礦山的黃金龍——！」

回到埃爾羅得的我們，到冒險者公會去報告我們打倒了龍。

龍是魔力的結晶。

不只犄角、鱗片、牙齒，就連每一滴血也全都是高級素材。

為了請職員去回收我們打倒的龍的屍體，我們才來向公會報告，結果就造成這樣的騷動。

龍的屍體應該值不少錢吧。

但是我們想要的金額，並不是這種個人有辦法賺到的單位。

離開了到處在喊「屠龍者」、「英雄」等等的嘈雜城鎮，我們前往王城。

「事情我們已經聽說了！沒想到各位竟然能夠打倒黃金龍……！」

一時之間還冷淡地對待愛麗絲的門衛一看見我們，便露出晶亮的眼神對我們敬禮。

正所謂態度有了一百八十度的大轉變，不過我並不討厭這樣。

「不好意思，我很想知道戰鬥的狀況到底是怎樣，不知道各位願不願意稍微透露一點……」

畏畏縮縮的士兵一臉過意不去地這麼問，而我擺出跩臉說：

「一招斃命。」

雖然出招的是愛麗絲。

「一招！一、一招……！」

我們沒有多做停留，走過因驚愕而瞪大眼睛的士兵前面，前往謁見廳。

——在愛麗絲的必殺技之下，黃金龍被俐落地砍成兩半。

當時只覺得光芒籠罩了現場，之後等到我回過神來，黃金龍就已經死了，所以我不知道那是怎樣的招式。

只是……

「愛麗絲，別以為那樣就算是贏過我了喔！吾之爆裂魔法肯定也能夠打倒那隻龍，無庸置疑！只是，如果把貴重的龍炸成碎片的話太不應該了，所以我故意，是——故——意——把功勞讓給妳的喔！」

惠惠因為愛麗絲搶走了表現機會，而且還展現出強大的力量在她面前炫技，所以從剛才開始就很煩人。

「我知道，我當然知道啊，惠惠小姐。所以請妳放過我吧。」

「不行，我才不要放過妳！什麼『Sacred Explosion』啊，居然擅自取了個像是爆裂魔法的升級版的招式名稱，今後我不准妳再用那招了！」

惠惠似乎對於招式名稱當中的「Explode」也感到不太滿意。

「不，那招的名稱是『Sacred Explode』，所以和『Explosion』沒有關係……」

「招式名稱都抄襲爆裂魔法了，妳還敢說沒有關係！我看那招就是因為名稱和『Explosion』很像，所以才能夠發揮出那麼強大的威力吧！」

「惠惠小姐，我快要受夠了喔！那是我們一族代代相傳的必殺劍，請不要說是抄襲來的！基本上，那招必殺技是取自劍的名稱……！」

我們沒有理會吵個沒完的兩人，走進謁見廳之後，只見王子坐在裡面，而且態度和之前不太一樣——

「你們真的幹掉牠了嗎！」

聽我們說了和龍戰鬥的經過之後，王子亢奮到滿臉通紅，口沫橫飛地這麼問。

「是的，這根黃金龍的角可以當成證據。請看。」

說著，愛麗絲將她揹在背上的黃金龍角亮出來，讓謁見廳裡的眾人不禁議論紛紛了起來。

那些當初瞧不起我們，只把我們當成是鄉巴佬的人，不知道是因為那隻龍讓他們傷透了腦筋，還是屠龍英雄的名聲對他們的意義有那麼重大，所有人都對愛麗絲投以善意的眼神。

怎麼樣啊，很厲害吧。

這孩子是我的妹妹喔。

「閃閃發光的金色犄角……這正是住在金礦裡的黃金龍的角……」

王子茫然地如此低語，讓謁見廳的交頭接耳聲更加升溫。

就在這個時候。

「請等一下。」

如此破壞了興奮不已的氣氛的，是帶著冷淡的表情注視著我們的宰相。

喂，事情都已經走到這個地步了，他該不會還想挑毛病吧？

「不愧是繼承了勇者血統的公主。果然是代代都讓魔王軍感到害怕的家族……喂！」

宰相一聲令下，一名士兵便拿了一個大皮袋過來。

……怪了，這應該不是我們說好的追加支援金吧？

我們打倒了好幾個魔王軍幹部，所以我現在光看袋子的大小就可以大概知道裡面有多少錢。

不過，以打倒懸有重賞的對象能夠獲得的報酬而言或許還算合理，以一國的支援金來說未免也差太多了。

「……這是？」

愛麗絲大概也有同樣的感想吧，她提心吊膽地接過那個皮袋，露出一臉困惑的表情。

「那是這次討伐龍的任務的報酬。我已經給得比委託冒險者的時候還要多了。請收下那筆錢吧。」

「怎、怎麼這樣！」

聽宰相這麼說，在場的人都鼓譟了起來。

這裡明明不是我們的主場，但是眾人議論紛紛的內容似乎都是同情我們。

就在這個時候。

「等、等一下，拉格克萊夫！這樣再怎麼說也太不通情理了吧……不、不是，我知道。現在支付追加的支援金給他們會惹出很多麻煩，這個我知道。知道歸知道，但是付給屠龍英雄的獎賞只有這點金額未免也太……」

沒想到，這時出言抗議的，竟然是我原本以為很討厭愛麗絲的王子。

王子原本那麼嫌棄愛麗絲，但是從剛才開始看著她的眼神就像是在看英雄似的。

王子也還是個小男孩。

屠龍英雄對他而言大概是偶像，是崇拜的對象吧。

不過。

「王子，我已經向您說明過好幾次，照理來說我國應該停止支援防衛費用就對了。既然現在無法這麼做了，拒絕支付發動攻勢用的資金才是為了這個國家好……愛麗絲殿下，我知道貴國的狀況。但是，我國也有不得已的苦衷。還請您務必見諒。」

宰相這麼說，讓王子低下頭來。

……不得已的苦衷？

我原本還以為他們只是討厭愛麗絲所以才這樣整她，難道不是嗎？

低著頭好一陣子之後，王子怯生生地觀察了一下我們。不，是看著愛麗絲的反應表示。

「那個……抱歉，我們這邊也有很多無法出錢的因素。我向妳賠罪就是，請妳見諒。」

王子一改之前傲慢的態度，深深低頭道歉。

他都做到這種程度了，我姑且不論，愛麗絲和達克妮絲大概沒辦法再繼續強人所難下去了吧。

「怎麼這樣……」

如我所料，愛麗絲垮著一張臉，沮喪到不行。

或許是受到的打擊太大了吧，她無意識地抓著我的衣服，茫然站在原地不動。

王子見狀似乎感到非常過意不去。

「話說，就是……對了，妳去過賭場了嗎？妳看起來就很正經八百，大概還沒去過我國引以為傲的賭場吧？至少去賭場抒發一下情緒吧！」

說出來的這番話感覺卻沒什麼激勵的作用——

……………

「不好意思，王子。我可以插個話嗎？」

「嗯？怎麼了？我現在正在安慰你的妹妹……」

明知現在說這種話不太適合，我還是對王子說：

「沒有啦，我想找你談有關賭場的事情。既然要去的話，我想大玩特玩，盡興而歸。該怎麼說呢，有沒有什麼能夠下大注的，最大間的賭場的自由通行證可以給我們啊？」

「……你這個傢伙是認真的嗎？自己的妹妹都這麼沮喪了還說那種話？不，叫你們去賭場抒發一下情緒的是我，你們愛怎麼賭都可以。不過，我先告訴你，你對我用的那種詐賭方式在賭場可不管用喔。這個國家的賭場可沒有那麼好騙喔，我們可是以賭場立國的國家，我不會阻止你們去賭，但是——」

在王子把話全部說完之前。

我為了掩飾浮現在嘴角的笑意，恭敬地鞠了個躬。

——離開王城的歸途上。

「……我還是不行。自己覺得很努力了，卻還是沒有達成目的……明明兄長大人和各位都幫了我那麼多忙。明明都和故鄉的大家說好了……」

愛麗絲跟在我們的最後面有氣無力地走著，一臉失落地這麼說。

達克妮絲大概是想安慰她吧，正打算對她說些什麼的時候——

「和真和真。這種時候，你身為哥哥有沒有什麼事情可以做啊？她是我的手下，或者說是基層人員，看她沮喪成這個樣子，我實在覺得很沒意思。」

這個傢伙也真是的，到底把我當成什麼了啊？

我身邊的人在碰上困難的時候各個都只會靠我解決，真想叫他們改掉這個壞毛病。

不太能夠理解這一連串過程的阿克婭哼著歌走在最前面。

在這樣的狀況下，我轉頭看向一個人在後面踱步的愛麗絲。

「喂，愛麗絲。」

聽我這麼一叫，愛麗絲抖了一下，縮起身子。

或許是以為事情辦得不順利所以會挨罵，她緊緊握拳低下頭。而我對這樣的愛麗絲說：

「愛麗絲已經很努力了。嗯，妳可是屠龍者耶。妳毫無疑問的是個英雄，而且已經努力到不能再努力了。都已經做出這麼多成果了，我可不許任何人對妳有任何怨言。」

聽我這麼說，達克妮絲點了好幾下頭，像是在表示我說得很好。

「就是這樣，愛麗絲殿下！正如和真所說，愛麗絲殿下非常努力了！回到城裡之後，我拉拉蒂娜一定會告訴大家愛麗絲殿下是如何奮鬥……！」

「所以說，愛麗絲。」

如此打斷試圖激勵艾莉絲的達克妮絲之後。

我輕輕把手放在愛麗絲的頭上。

「剩下的就交給哥哥吧。」

說完，對她笑了一下——

「惠惠妳看，是摸頭臉紅和微笑臉紅耶。這個男人居然想用那招光是摸摸頭，笑一笑就可以讓女生煞到自己的傳說中的技能耶。」

我確實是稍微有那個意圖沒錯，但至少在這種時候，妳這傢伙可以不要破壞氣氛嗎。

3

剩下的就交給哥哥吧。

對愛麗絲這麼說之後，我接著又補了這麼一句。

我有個好主意。

「你這個傢伙真的是……耍帥耍成那樣，讓大家這麼期待，結果卻是這招嗎！」

答案非常簡單。

沒錯，就是賭場。

我要憑著與生俱來的運氣，靠賭博賺錢。

要將一切託付在這種連作戰計畫都稱不上的方法上，讓達克妮絲非常激動，但既然沒有別的方法了，我也無可奈何。

「話雖如此，達克妮絲，其實我覺得這招的勝算相當高喔。」

「哪裡高了！需要錢的時候靠賭博來賺是最要不得的想法了吧！愛麗絲殿下，非常抱歉，是我笨到相信這個男人……」

達克妮絲說出這種失禮的話，然而愛麗絲卻搖了搖頭說：

「不，拉拉蒂娜。我也覺得這是一個好主意。」

「愛、愛麗絲殿下！」

聽見這個出乎意料的答案，達克妮絲失去了冷靜，困惑不已。

「愛麗絲殿下，請您三思。現在有您賭上性命拚回來的屠龍獎金和賣素材得到的利潤，還有埃爾羅得給的追加資金。金額確實稱不上足夠。但是，和當初那個無從著手的狀態比起來的話……！」

達克妮絲強調愛麗絲的功績，試圖讓她改變主意。

而愛麗絲溫柔地牽起這樣的達克妮絲的手。

「拉拉蒂娜。阿克西斯教的大祭司，阿克婭大人之前曾經這麼說過。『既然都覺得辦不到了就先試試看再說。要是失敗了，逃走就好。』」

「愛麗絲殿下，那是廢人的想法！您不可以被阿克西斯教玷汙啊！」

我抓著堅決抵抗的達克妮絲的肩膀推開她之後說：

「愛麗絲不可以變成這種腦袋僵化的女人喔。好了，這裡可是賭場。來到賭場這種地方就該樂在其中。」

「你這個傢伙說誰是腦袋僵化的女人！」

將繼續抗議的達克妮絲說的話當成耳邊風的我，接過愛麗絲遞給我的支援金之後，從因為金額之大而倒退了好幾步的賭場經理手上接過大量的籌碼。

我必須先讓這個囉嗦的達克妮絲閉嘴才行。

沒問題的，畢竟我和真正的幸運女神可是好朋友呢。

在輪盤桌前面坐下來的我，以雙手從大量的籌碼當中撈起大約三分之一。

周圍的人們和達克妮絲見狀都露出驚呆了的表情，只有愛麗絲一臉認真地觀望著賭局的走向。

為了讓這樣的妹妹放心，同時也因為想起了那個現在說不定也在看顧我的，意外喜歡打賭又開朗的頭目。

「愛麗絲，我再說一次，賭博的時候應該要樂在其中。然後，這種時候有一句標準台詞。這是一個運氣比我還好的朋友的口頭禪。」

我將手上的籌碼押在紅色之後。

懷著那個意外愛惡作劇的女神或許願意借一點力量給我的希望，以直達天聽的音量高聲說道：

「來試試手氣吧！」

——賭場裡的所有客人都聚集到輪盤桌的周圍來，一大群人全都擠在一起。

「啊哈哈哈哈哈哈，贏了！又贏啦！和真先生真是的，運氣未免也太好了吧！如果條件只限定在賭場裡面的時候的話，我願意一輩子追隨和真先生！」

「喂，不准跟著我押，要是運氣跑掉了妳要怎麼賠我？」

我大贏特贏。

負責射珠進輪盤的的荷官已經完全要哭出來了，但我並沒有理由在這個時候收手。

我對已經完全安靜下來，變得異常順從的達克妮絲說：

「喂，幫我再端一杯咖啡過來。」

「是、是的，我馬上去！」

從剛才開始，我就一直叫她去端提神用的咖啡，讓我集中精神。

達克妮絲在我押中第一局的時候重重喘了口氣，放心了不少。

押中第二局的時候則是輕輕鬆了口氣，露出苦笑。

「端來了！不對，為您送餐！請用咖啡！」

「辛苦妳了。」

押中第三局的時候則是輕聲「喔喔……」地驚叫。

然後，差不多到了押中第四、第五局的時候，她開始驚慌失措，舉止怪異了起來。

「不好意思，這位客人……」

到了我連第七、第八局也押中的時候，她看著我的眼神，就像現在眼前這位荷官的一樣，充滿敬畏之意。

「嗯？怎麼了？如果你想說沒辦法再賭下去了的話，我可不會理你喔。因為，你們在賭客大輪特輪的時候也不會說不可以再賭下去了對吧？」

我將堆到滿出來的整桶籌碼往前一推。

「差不多該來賭一把大的了。我記得除了賭顏色之外，要是連號碼也押中的話賠率會更驚人對吧？」

「這位客人！請請、請您高抬貴手，您再賭下去的話……！」

從剛才開始就在遠處觀察輪盤桌，看似經理的男子臉色蒼白地衝了過來。

如果是個人經營的賭場，碰到這個狀況我還會有點過意不去，可惜這裡是國營賭場。

無論我在這裡搶走多少錢也只會逼哭那個王子和宰相，所以不成問題。

我故意端起達克妮絲拿來的咖啡喝給經理看，然後從胸口拉出兩個項鍊墜。

「喂，你知不知道這究竟是什麼東西？」

「……？那……那是！鄰國大貴族，達斯堤尼斯家和詩芳尼亞家的家紋！」

發現這是什麼之後，經理的臉色變得更加蒼白了。

「沒錯，我的背後有兩個尊貴的大貴族家在撐腰。這是什麼意思你明白吧？如果你不准我繼續賭下去的話，保證會演變成外交問題喔。」

「唔……！」

經理咬牙切齒了一陣之後，便忿忿地瞪著我，轉身離開。

呵，贏了。

「太厲害了兄長大人！我一直聽說您的運氣很好，不過沒想到居然好到這種地步！既然您的運氣有這麼好的話，不如別當冒險者，靠賭場累積財富不是比較好嗎？」

從剛才開始就一臉亢奮的愛麗絲緊緊握住我的雙手這麼說。

在賭場以當賭徒為生。

我也不是沒有這樣想過，但是像我這種先天容易被捲進麻煩的弱小冒險者要是在賭場大贏特贏的話，肯定會有人要我的命。

而且這種事情就是偶一為之才會順利。

如果起了貪念一直賭下去的話，多半都不會有好下場。

現在我之所以能這樣賭，是因為有公主和兩名大貴族當我的後盾，又有賺取和魔王軍戰鬥所需的資金這個正當理由。

否則，艾莉絲女神看見這個狀況的話肯定會捉弄我吧。

「不，我並不想當賭徒。沒錯，為了打倒魔王，我想當冒險者。」

說著，我要帥地輕輕笑了一下，讓愛麗絲的雙眼閃閃發亮，以尊敬的眼神看著我。

我將裝滿籌碼的桶子押在黑色的六號上面時，周圍看熱鬧的賭客紛紛驚叫出聲。

「好，就賭這一把了！」

荷官被我強勢的態度嚇得冷汗直流，拿起珠子……！

「我也要押在這裡！」

「啊！」

我還來不及阻止，阿克婭已經將籌碼放在同樣的地方了。

在此同時珠子也被射進輪盤裡面，咕溜溜地轉了起來！

「妳這個傢伙！都叫妳不准跟了，這不是在玩好嗎！」

「為什麼我就不可以賭啊，小氣尼特！最近我一直輸嘛，讓我稍微撈一點回來又不會怎樣……」

就在我斥責阿克婭的時候，珠子的速度開始緩緩變慢……

「紅色的五號。」

「妳看啦啊啊啊啊啊啊啊啊啊！」

「哇啊啊啊啊啊——！我的零用錢全沒了——！」

我把達克妮絲叫過來，要她帶走阿克婭。

「吶，達克妮絲，求求妳！我得在這裡賺錢才能買紀念品給爵爾帝！賭贏了我就還妳，借我錢吧！」

「要紀念品我買給妳就是了，跟我過來！現在事關我國的未來啊！」

目送阿克婭被拖走之後，我重新振作起精神。

衰神已經離開了，運勢應該會再次回到我這邊來才對。

「和真和真，為了把剛才輸掉的拿回來，來賭一把大的吧！把剩下的籌碼全押下去！」

「押妳個頭，我是慎重派的，和妳不一樣！啊，不准擅自把籌碼押下去！達克妮絲，把這個傢伙也帶走！」

繼阿克婭之後，惠惠也被達克妮絲帶走了，於是我便在黑色的八號下注。

「拚了！」

——當天晚上。

「和真先生和真先生。我覺得你今天特別帥耶。那個啊，其實啊，我從很久以前就很想告訴你……」

「無論妳怎麼誇獎我，我也不會給妳零用錢喔。因為給妳錢的話妳又會跟著我下注……哦，來了來了。」

在大贏特贏的我們走回旅店的路上，或許該說是不出所料吧。

「喂，你賞個光跟我們過來一下吧？」

一群蒙面人擋住了我們的去路。

看見那些傢伙，愛麗絲對我投以尊敬的眼神。

「兄長大人太厲害了，居然連會發生這種事情都預料到了！」

「對吧？是不是跟我說的一樣，路上一定會有人埋伏。這些傢伙是賭場僱來的人。」

聽我這麼說，那些傢伙連忙搖頭否認。

「不、不是！我們是聽說你賺了一大筆錢，聞風而來的強盜！乖乖把賺到的錢放下就是了，否則小心你吃不完兜著走。放心，我們不會要你的命……」

男子似乎還有話想說，但我沒有多加理會，拿著拘束技能用的纜線表示。

「好了，妳們幾個，咱們抓住這些傢伙，用那個說謊就會叮叮叫的魔道具來問話！如果國家或賭場是這些傢伙的後台，我們就可以抖出來把事情鬧大，藉此強取支援金了！」

聽我這麼說，不只眼前的蒙面人，不知為何就連我的同伴們也愣住了。

「和、和真，所以你才會說回旅店的時候想走陰暗的小巷嗎？喔喔，所以你才會叫阿克婭施展支援魔法，而且明明只是去賭場卻全副武裝……」

達克妮絲這麼說，讓男子們漸漸後退，交頭接耳了起來。

「喂，這樣好像不太妙吧？總覺得好像是我們著了對方的道。」

「是說啊，那個人好像是紅魔族吧？而且還有兩個金髮碧眼的人。這就表示……」

「喂，居然有貴族嗎！貴族有很多都是強者啊！」

哎呀，這可不行。

「感覺他們好像想逃跑了呢。那些傢伙可是寶山，別讓他們逃了！不需要手下留情，要是出了什麼萬一還有阿克婭的復活魔法！」

我如此大喊，衝向蒙面人們……！

「快逃啊！那個傢伙太危險了，居然說反正還有復活魔法！他想宰了我們，他是真的想宰了我們」

「千萬別被抓到了，跑快點跑快點！」

「等等我，別丟下我啊！」

也許真的是受僱而來的吧，蒙面人們一溜煙地慌忙逃走。

「……吶，和真，再怎麼說，搬出復活魔法也太過分了吧。」

「不是啦，妳搞錯了，我只是覺得這樣說可以嚇唬對方！真的啦，我哪有那個膽子宰掉他們……怎樣啦，妳們不要用那種眼神看我好不好，我是說真的！」

孤立無援的我，只能拚命解釋。

4

在那之後，我們幾乎每天都上賭場去。

「我來啦——！」

一看見我們，經理立刻變得臉色蒼白。

——一開始，他大概還不覺得我會連續這麼多天都大贏特贏吧。

我每次出現在賭場的時候，經理還只是憤恨不平地皺著眉頭在遠方看著我而已。

但是，看著我帶走的金額日益增加，他大概也發現再這樣下去可不是鬧著玩的了。

「這位客人……不好意思，因為您實在是太強了，您再繼續光顧的話本店會破產的。本店願意提供您一筆錢作為謝禮，還請您高抬貴手……」

「這裡是國營的賭場對吧？怎麼可能會破產啊，就算有點虧損也不會怎樣吧。再說了，一開始可是這個國家的王子叫我們來的耶，他要我們來賭場抒發情緒。你看這個。這是王子給我的ＶＩＰ專用特別通行證。」

「王、王子給的！不、不會吧，竟然……」

丟下為之愕然的經理，我今天依然豪邁地下注。

——在那之後又過了幾天。

賭金像滾雪球似的增加，終於到了感覺很有可能賺到追加支援金的時候。

「這這這、這位客人。事情是這樣的，其實我想從明天開始關閉賭場休息一陣子。所以說，由於您是我們的常客，我想先通知您一聲……」

「喔，這樣啊。反正在賺到目標金額之前，要在這裡待幾年我都可以，所以我會耐心等你開店的。不過，要是你們的賭場休息太久的話，這個國家的收入沒問題嗎？」

「等、等幾年都可以……」

經理為了讓我們放棄而嘗試發出歇業通知。

「——這位客人，求求您！還請您高抬貴手！不要再賭了！我每天都被高層怒罵，求求您饒了我吧！」

「不怕不怕，是王子說我可以賭的耶。你有什麼意見要說的話，去找王子說吧。」

就像這樣，經理終於開始哭的求饒的時候。

王城派了使者過來，傳喚當天依然打算一大早就上賭場的我們。

——我們跟著使者來到王城之後，立刻就被帶到謁見廳來。

「我拜託你們快點回去吧。」

王子見到我們，一開口就是低頭這麼說。

總覺得他在這麼短的期間內好像憔悴了不少，不知道是不是我多心了。

「喂喂，明明就是你叫愛麗絲去賭場抒發一下情緒的不是嗎？我們只是在抒發情緒而已，抒發完就會回去了。」

「等一下，要是再被你們拿走更多錢的話可不是鬧著玩的！這樣會被當成是我國給了你們追加的支援金啊！」

話也不是這麼說的吧。

「你們號稱賭場大國，結果客人在賭場大贏特贏之後就想叫人家滾蛋。這樣不太對吧？我們只是在你的賭場裡玩樂而已。這樣會造成任何問題嗎？」

「唔……這個嘛，我國也是有不得已的苦衷……」

他上次也這麼說過嘛。

不過這種事情當然和我們無關——正當我這麼想的時候。

「不好意思，請問那個不得已的苦衷是什麼呢？有什麼無論如何都不能告訴我們的事情嗎？」

愛麗絲輕身走上前去，這麼問王子。

王子瞬間露出不知道該如何是好的困惑表情，然後一臉歉疚地開了口：

「不行，這件事情實在是……」

然而，王子說到這裡被打斷了。

「我國正在和魔王軍進行交易。」

宰相突然來了一個非常不得了的大爆料之後，一臉不以為意地望著我們。

在場的人似乎也全都知道這件事情，沒有任何人為之動搖。

「拉格克萊夫，你……！」

驚慌失措的王子連忙舉手制止宰相的發言，但宰相還是繼續說了下去。

「我國正在和魔王軍談和。若是魔王軍戰勝貴國，也不會對這個國家出手。以此為條件，我國答應不再繼續支援正在和魔王軍交戰的貝爾澤格。」

宰相淡定地這麼說，讓達克妮絲咬牙切齒地說：

「混帳，你居然聽信魔王軍的承諾嗎！身為人類你不覺得這樣很可恥嗎！」

達克妮絲難得怒形於色地這麼說。

「但是，貝爾澤格欠缺進攻魔王軍的手段也是事實。魔王軍與貴國陷入膠著狀態，不知道哪邊會贏。在這個狀況之下，既然魔王軍都表示我國保持中立就不會對我國出手的話，身為管理國家的人自然不能對這樣的提議置之不理。」

但宰相只是做了一下表面功夫，皺起眉頭裝出一臉歉疚的樣子。

以我個人來說，我也不想和魔王打起來，所以也不是不懂他的心情。

雖然不是不懂，但現在的我是以愛麗絲的哥哥的身分來到這個地方。

正當我煩惱著該如何攏絡他們的時候，達克妮絲高聲說道：

「居然信任魔王……！你聽清楚了，所謂的魔王，只要看見女人，即使對方是小孩也會為了滿足自己的興趣而抓回去玩弄，是個天理難容的存在。擄走公主、擄走女騎士，盡變態之能事凌辱到底。魔王就是這樣！」

「不、不准說這種失禮的話！不對，我說錯了，您剛才說的那些是從哪裡聽來的啊？其實這次議和是我負責談成的，談過之後我感覺到魔王陛下非常和藹可親，是一位值得信任的魔族……」

宰相針對魔王高談闊論了起來，但值得信任的魔族這個說法有點奇怪就是了。

不過——

「從哪裡聽來的已經不可考了吧，這件事相當有名啊……除此之外，還有魔王是蘿莉控、魔王是喜歡異常性愛玩法的大陸第一變態、魔王是同性戀等等，我聽說過的傳聞可多著了……」

「這種無憑無據的謠言到底是從哪裡傳出來的啊！」

宰相不知為何突然暴怒，而阿克婭也同樣不知為何地一臉跩樣，如此宣言：

「那是我們阿克西斯教團散播出去的謠言！我想像了一下魔王是怎樣的傢伙之後，教團

裡的孩子們就擅自到處宣揚了。」

「吶，魔王軍會攻打人類其實真的有很大的原因是你們造成的對吧？」

聽見是阿克西斯教徒幹的好事，宰相抱頭蹲下。

自己信任的對象被說得一無是處的話，就等於是負責談判的宰相根本沒有看人的眼光。

所以他會想要袒護魔王，這樣的心情我也不是不能理解……

就在這個時候。

「不好意思，雷維王子？貴國的狀況我大概知道了。消滅貝爾澤格之後就會攻擊埃爾羅得，如果不希望事情變成這樣的話就和我們聯手，魔王軍是這樣告訴貴國的對吧？然後，王子自己思考過後，為了生存而做出這樣的決定。如果是這樣的話，我也沒有任何意見。」

還是一樣怯懦而不敢自我主張，堅強又善良的公主殿下，為了避免傷害對方而露出靦腆的笑容。

「所以請您放心。為了避免兩國的關係今後生變，我回去會向父親大人說情的……我沒有別的長處，就只有看人的眼光特別準喔。王子其實不是真的討厭我，在我們第一次見面的時候我就隱約感覺到了。這可不是自以為是喔，我真的隱隱約約有感覺到。」

然後對著聽她這麼說而低下頭的王子——

「貝爾澤格的王族很強。即使沒有支援，也不會輸給魔王軍。所以……」

以安慰受傷的小孩似的溫柔聲音表示：

「請您不要露出那麼難過的表情。」

說完，愛麗絲天真地笑了一下。

「……世人好像都說我是笨蛋王子。」

坐在謁見廳的王座上，王子這麼說。

正當我心想他沒頭沒腦的在說什麼的時候，王子忽然抬起頭來。

「似乎是因為我不關心政治，一天到晚都只會賭博。」

王子終於露出符合年紀的孩童表情，對著一臉茫然的愛麗絲咧嘴大笑。

「要不要和我用賭博再決一次勝負啊？這次可不能再作弊了喔。在這樣的情況下，你們如果能夠贏過本王子……我就賭一把，押貝爾澤格會打倒魔王！」

「王、王子！」

在宰相悲痛地吶喊的同時，王子拿出一枚硬幣給我看，然後握起硬幣，將雙手藏到後面去。

接著，他伸出緊握的雙拳——

「——猜猜看，硬幣在哪一邊？」

5

當天晚上。

時刻要就寢還太早，要做別的事情已經太晚。

在那之後，勝負的結果如何我想已經不需要說了吧。

宰相一個人在那邊大呼小叫，王子的跟班們倒是出乎意料地露出一臉滿足的表情。

說來說去，自己侍奉的對象做出相當程度的決斷還是讓他們感到很開心吧。

說不定，今後再也不會有人叫他笨蛋王子了呢。

——到頭來，用於和魔王軍交戰的防衛費用的支援金照舊。

不僅如此，我們更要到了龐大的支援金，以便在近期之內對魔王軍發動攻勢。

除此之外，愛麗絲還得到了屠龍英雄的稱號，所以這次會面的結果可以說是再棒不過。

……不過，有一件事情讓我很介意。

就是那個王子意外的喜歡愛麗絲。

他一開始之所以表現出那個態度是為了和愛麗絲的國家保持距離，所以在支援金的問題談妥之後為了款待我們而舉行的盛大宴會上，他們之間的關係感覺變得相當不錯。

沒錯，現在已經不是一開始那樣的狀態，他們兩個的關係改善了許多。

我回想起一開始的預定計畫。

我之所以跟來這裡最原本的目的，是為了避免愛麗絲落入來路不明的壞男人手中。

剛來到這裡的時候我還很慶幸王子主動避開愛麗絲而完全放心了下來，但事到如今我又回想起自己的使命。

「到底該怎麼辦呢？在愛麗絲眼前對那個小鬼用『Steal』扒光他的下半身嗎？……不行，讓愛麗絲看見奇怪的東西對教育不好。但是對方好歹也是個王子，我總不能使用太過粗暴的手段……」

由於我們聽從了宰相要我們今晚在城裡過夜的建議，我目前在分配到的房間裡懶散地躺在床上發出煩惱的低吟。

就在這個時候，有人輕輕敲了門，從外面對我說：

「和真，你在嗎？我有點話想跟你說，你方便嗎？」

從外面傳進來的是惠惠的聲音。

因為我還不打算就寢，沒有鎖門，就對著門口大喊：

「門沒有鎖——」

聽見我的喊叫聲。

「不好意思，這麼晚了還來找你……」

惠惠走進房間，臉色微微泛紅，輕聲這麼說。

她到底有什麼事情呢？

是想為了愛麗絲的事向我道謝嗎？

對了，這個傢伙好像和愛麗絲偷偷摸摸的不知道在做什麼。

正好有這個機會，來問她看看好了。

……就在我這麼想的時候。

「那個，我可以到你身邊去嗎？」

惠惠這麼說完，沒有等我回答就在我身邊坐下。

這個傢伙是怎樣，今天也靠得太近了吧。

……這時，我赫然驚覺。

沒錯，我回想起之前的事情。

之前，我是怎麼告訴惠惠的？

沒記錯的話，我是這麼說的。

『等到妳的心中完全沒有對那個大姊姊的歉疚，純粹只是想和我做那檔子事的時候，我也沒有任何理由拒絕就是了。』

惠惠對此的回答，我記得是這種感覺。

『這樣啊。那麼，等那個時候到來，我會再來你的房間玩。』

心跳一口氣加快的我盡可能佯裝平靜地表示：

「請、請坐。今晚是什麼風把妳給吹來的？睡不著所以要我陪妳玩遊戲嗎？如果是這樣的話，愛麗絲的實力應該和妳比較接近，不如去找她……」

但惠惠突然把臉湊了過來，打斷了我的話。

或許是因為興奮所致，惠惠的眼睛閃著紅光，散發出開不得玩笑的認真氣氛。

我不禁吞了口口水。

「我希望你今晚可以和我一起睡。請問……可以……嗎……？」

她輕聲這麼說，只有手伸過來緊緊握住我的手，害羞地轉過頭去。

這一天終於來臨了。

不會看得到吃不到，總算讓我成為人生勝利組的日子。

不過我要冷靜，現在應該先把門鎖好，讓任何人都進不來再說。

然後不能太衝動，不能太猴急，應該展現出年長男子的風範帶領她。

我抓住惠惠的雙肩暫時將她推開，準備去鎖門……

「那個，和真？該怎麼說呢，我沒有達克妮絲那麼大，所以還是……不行嗎？」

「沒有這回事，我是不分大小都能夠平等去愛的男人。請不要看扁我，把我當成那種器量狹小的男人。」

我忍不住在惠惠快要說完的時候就搶先回答，讓她稍微縮了一下。

「這這、這樣啊。既然如此……那個，我會害羞，所以可以請你稍微閉上眼睛嗎？」

「我拒絕。」

「你、你這樣拒絕我，我會很傷腦筋的……房間也這麼亮，算我拜託你，稍微閉一下就好……」

聽我那麼秒答，惠惠困惑了起來。

沒辦法了，現在還是乖乖閉上眼睛吧。

不過至少讓我鎖個門嘛。

否則可能又會有不看場合的傢伙闖進房間裡來……

就在我如此擔心，卻又滿心期待地閉上眼睛的瞬間——

——我的意識便就此中斷。

「……怎麼……但是，你……」

「……不，達克……我……的是妳……」

一對男女不知道在爭論什麼。

我聽著這樣的聲音，用意識模糊的腦袋思考著到底發生了什麼事……

「！」

完全清醒過來的我，發現自己的嘴被塞住了。

不僅如此，雙手也被手銬牢牢固定住，而且全身也被繩索緊緊綁住，完全無法動彈。

即使想用力掙扎，在這個狀態之下也無計可施，我只好在黑暗之中使用夜視技能定睛一看，推測這裡是衣櫥裡面。

……結果又變成這樣了啊啊啊啊啊啊啊啊啊啊啊啊啊！

正當我在狹小的地方苦悶不已的時候，又聽見聲音傳來。

「可可、可是和真，我和你身分有別，事情並沒有那麼簡單……不，我當然不是討厭你或是什麼！但是，該怎麼說呢，現在做這種事情還太快了……」

那是達克妮絲的聲音。

這個傢伙又在說什麼傻話了啊？

就在我這麼想的瞬間，衣櫥外面又響起一道聲音，讓我不禁愣住。

「身分有別又如何，我願意捨棄自己的地位，發誓只愛達克妮絲一個。所以拜託妳，就這樣和我……！」

是我的聲音。

「捨棄自己的地位？一介平民的你有什麼地位可以捨棄啊？」

「咦？奇怪？」

回應了達克妮絲的疑問的那個傻愣的聲音，確實是熟悉的我的聲音。

「應該說，你從剛才開始就有點不太對勁。具體說來，這個房間裡面明明只有你我兩個人獨處，你卻冷靜到令人討厭，真是令我不爽。」

我真想現在就立刻衝出去一巴掌放倒那個女人。

就算自信過剩也該有個限度，我也不會永遠當個軟腳蝦……

……嗯，我應該比較不會那麼緊張了才對……

「沒、沒有啦，和達克妮絲兩個人獨處當然讓我很緊張啊。先別說這個了，妳看著我的眼睛……」

我再次聽見自己的聲音。

但是在那個聲音把話說完之前，達克妮絲表示：

「……喂，你從剛才開始就沒有把視線放在我的胸部上是怎麼回事？在這個狀況下眼睛還那麼清澈……混帳，你不是真正的和真對吧！」

「唔！」

聽見衣櫥外面的聲音，害我煩惱了一下到底該怎麼處理達克妮絲。

不知道現在是什麼狀況，但我猜外面大概有個長得跟我很像，又會模仿我的聲音的人。

我真不知道該因為她看穿了對方是冒牌貨而高興，而是該為她背地裡說我壞話而生氣。

「既然事情變成這樣也沒辦法了，即使得用蠻力我也要制服妳！這個房間是那個男人的房間，妳應該也發現到他不見人影了吧？要是敢抵抗的話，妳應該知道那個男人會怎樣吧……！」

糟了，這個狀況不太妙。

聽見對方這麼說，那個品德高尚又為同伴著想的達克妮絲會……

「啥……！混帳，竟敢抓人質，你太卑鄙了！你、你到底想用那付手銬和繩索把我怎樣！想把我綁起來嗎！你想上了手銬之後再用繩索把我綁起來，然後對我做非常不好的事情嗎！」

「不，我並不打算對妳做什麼非常不好的事情，純粹只是要把妳給綁起來而已……妳、妳是怎麼了，未免也老實過頭了吧。」

「唔，無論你想對我怎樣都無所謂，別對我的同伴動手！啊啊，手銬好冰啊……！喂，你用那個聲音對我說『嘿嘿，看看妳這是什麼樣子達克妮絲！妳知道接下來會被怎樣吧？』好不好，記得語氣要鬼畜一點，凶狠一點。」

沒錯，在那個大變態最喜歡的這個狀況之下，她當然會變成這樣。

「妳這個傢伙……我、我看還是免了。好了，我要用繩索把妳綁起來，不要蹭來蹭去的……喂，我不會對妳做什麼奇怪的事情，不要臉紅！」

「可是，誰教你用那個長相對我做這種事情……！喂，你想對我怎樣，該不會是想把我關進又窄又黑的衣櫥裡面，然後……！」

聲音漸漸變得越來越近，接著我眼前的衣櫥門就被打開了。

我和達克妮絲對看了好一會兒之後。

「……你一直在看我的醜態嗎？」

我用力點了一下頭。

——嘴裡被塞了布條，害羞到滿臉通紅的達克妮絲也被塞進衣櫥裡來之後，我們兩個人看著眼前的型男。

「那麼，我就告訴你們我是什麼人，為什麼要做這種事情好了。」

眼前那個長相和我一模一樣的陽光帥哥明明可以隱瞞到底的，卻特地揭露了自己的真實身分。

我的身影扭曲變形，只剩下一個黑漆漆的人影留在原地。

「我的名字是拉格克萊夫。魔王軍諜報部隊長，幻形妖拉格克萊夫。哎呀，你們害我多花了很多苦心呢。」

報上宰相名號的那個怪物，挺著一張沒有眼睛口鼻的平板黑臉，帶著炫耀的語氣說起沒有人問的故事——

「——事情已經是距今超過三十年以前了。在這個國家招募內政官的時候報名過好幾次的我終於獲得錄用之後，每天都在做牛做馬。同事們都沉迷在賭場裡，完全沒有認真工作。王族都在賭場裡狂賭，貴族們也一樣熱愛賭場。你們知道這些傢伙每天亂花錢到底害得我多辛苦嗎……乾脆放手不管這個國家可能還對魔王軍比較好吧？我好幾次都這麼想。」

原本以為是要炫耀，結果聽起來是想訴苦的樣子。

我本來還想說是事件的幕後黑手在抓住對手之後公開一切好讓對手死得瞑目的那種狀況，不過他似乎是積怨已久，不吐不快。

拉格克萊夫娓娓道出至今的辛勞。

工作認真，完全不賭博的拉格克萊夫一下子就得到王族的信任。

到此為止還非常順利。

然而，在他爬到大位，一手包辦內政之後，才發現到這個國家的實際狀況。

嚴重的財政赤字與逐漸升高的債務。

貴族與王族卻不願正視這樣的現實，成天紙醉金迷地玩樂。

「你們知道嗎？這個國家的人不斷蠶食第一代國王賭博賺來的財產，讓國家陷入瀕臨破產的狀況。而復興了這樣的國家的……」

大概是因為本性太認真了吧，這個傢伙似乎為此而埋頭苦幹。

一開始的目的是諜報活動。

但是，他卻因為天生認真又優秀而平步青雲。

曾幾何時，他終於忘了間諜的身分，不斷為了國家而努力工作。

爬到內政官的最高地位——宰相之後，這個傢伙才忽然發現。

「我好像完全沒必要做到這種地步。」

這樣啊，這個傢伙不是認真而是白痴啊。

「爬到這個地位之後，我終於採取了行動。沒錯，為了魔王陛下而工作的時刻來臨了。」

你們似乎非常努力在造謠誹謗魔王陛下，但陛下是一位極為值得侍奉的明君……」

在這之後，不知道該算是發牢騷還是在訴苦還是在炫耀，總之拉格克萊夫繼續說了好一陣子之後，總算滿意地喘了口氣。

「呼……我一直很想找人說說長年以來的辛勞和牢騷，實在是受不了了。謝謝你們聽我抱怨。」

果然是在發牢騷啊。

「好啦，你們害我長年的辛勞化為泡影，我想過該如何報復你們。一開始我心裡確實湧現了極為強烈的殺意，不過後來試著重新思考了一下。」

總覺得事情的發展變得不太對勁。

對此，我身邊的達克妮絲似乎也感覺到不祥的預感。

「你們最不希望發生的事情，就是愛麗絲公主遇害。」

聽他這麼說，達克妮絲開始悶聲呻吟，不住掙扎。

但是，被綁起來的她幾乎無法動彈。

「啊啊，就是這種表情，我就是想看這種表情！哈哈哈哈哈，我就這樣把你們丟在這裡好了。接下來我要變成你的樣子，先去找你的同伴，同樣也將她們綁起來。然後把我剛才告訴你們的事情也告訴她們之後，再去愛麗絲公主的房間！」

拉格克萊夫這麼說完之後，直視著我。

「我就暫時再借用一下你那個醜陋的長相吧。呼哈哈哈哈哈，沒錯，我就是想看你這個不甘心的表情！愉悅！愉悅啊！真是太愉悅了！」

然後便一邊說著這種失禮的話，一邊複製了我的模樣走出去。

6

在衣櫥裡面大鬧了一陣之後，我和達克妮絲了解到光靠蠻力無法解決這個狀況。

他細心地把衣櫥的門關上了，所以聲響也傳不到外面去。

那個總是不識相，老是跑來礙事的傢伙，就不能在這種時候出現嗎？

仔細想想，為什麼達克妮絲會在這種時間跑來我的房間啊？

「嗚咕！嗚咕！」

哎呀，現在不該想這些。

嘴巴被布條塞住的達克妮絲試著直接對衣櫥頭捶，但是因為幾乎看不到效果而放棄了。

因為最喜歡的主人可能受害，眼神看起來隨時會哭出來的達克妮絲似乎想到了什麼，眼神也隨之一變。

要就這樣滾出去嗎？

還是再大鬧一下試試看？

我試著以眼神示意，但達克妮絲似乎沒有接收到我的意圖，著急到眼中充滿血絲的她一點一點逼近我。

「嗚嗯——嗚嗯嗯——！」

我聽不懂妳在說什麼啦。

儘管我試著這樣表示，但達克妮絲依然嗚嗚嗯嗯地掙扎著。

不久之後，達克妮絲像毛毛蟲一樣蠕動，慢慢把臉湊了過來。

奇怪，這個傢伙也把臉湊得太近了吧？

應該說，在這種非常事態之中，她靠近到幾乎是臉貼著臉的地步是要幹嘛。

不對，她的臉根本就貼著我的臉，而且嘴巴也很靠近！

我無法說出現在不是做這種事情的時候，只能任憑她處置——

「嗚咕！」

「！」

她咬住了綁在我嘴邊的布條。

達克妮絲自己的嘴邊也被綁了布條，卻還是用力咬緊牙關，試圖鬆開我嘴邊的束縛。

到了這個地步，我終於察覺到達克妮絲的意圖。

配合達克妮絲咬住布條拉開的動作，我也以脖子用力拉扯……！

「『Tinder』！」

然後從稍微拉開的些許空間，詠唱了一句魔法。

點火魔法點燃了我嘴邊的布條之後，順勢慢慢延燒……！

「好燙好燙好燙啊啊啊啊啊啊！」

火花在烤焦我的瀏海之後，燒斷了我嘴邊的布條，接著熄滅。

我很想對自己的額頭施展「Freeze」，但現在沒空。

「達克妮絲，我現在要對妳施展點火魔法了喔。就算我對綁住我自己的繩索施展『Tinder』，完全燒斷繩索也得花上很多時間，我又沒有力氣扯斷被燒開的繩索。不過如果是妳的話……」

達克妮絲用力點頭，像是在表示不需要全部說完。

「『Tinder』！」

看見達克妮絲的反應，我便對她身上的繩索點了火。

——在沒有照明的狀況之下，我們在陰暗的走廊上狂奔。

解開束縛之後，我和達克妮絲在雙手依然被銬住的狀態下，在城堡之中奔跑。

「喂，達克妮絲，愛麗絲的房間在哪裡！」

「我也不知道，分配房間的是那個宰相，我知道的就只有分給你的房間在哪裡而已！」

既然如此，她大概也不知道阿克婭和惠惠過夜的地方在廣大的城堡裡面的哪裡了吧。

這時，我忽然有點在意一件事情，便問了達克妮絲。

「這麼說來，妳怎麼會知道我住的房間在哪裡啊？應該說，都這麼晚了妳是來幹嘛的？那個宰相大概是不想被我阻撓才來把我綁起來，難不成是他叫妳來我的房間嗎？」

聽見這個問題，達克妮絲整個人瞬間抖了一下。

「這、這個嘛……沒有啦，我只是覺得這次又讓你幫了很多忙……所以，這次我想說不要用親臉頰那種孩子氣的方式，而是用更正式一點的方式答謝你……」

「色女！妳果然是情色妮絲！也就是說，妳在這種非常時期還想來夜襲我嘛！妳這個女色狼未免也太誇張了！」

「不不不、不是——！我可沒有打算做到那種地步，我想的是更輕鬆一點的方式……！況且，這次以結果來說我也救了你，這樣不就好了嗎！」

聽達克妮絲惱羞成怒地這麼說，我想起她在這個城鎮的旅店好像是喃喃自語地說過這次要給我更正式的謝禮之類的話。

這種重要的事情，真希望她可以回家之後再做，而不是在這種地方。

剛才冒牌惠惠出現的時候還打算跨越最後一道界線的我似乎沒資格說這種話就是了。

就在這個時候。

「啊——！」

明明都已經這麼晚了，卻有個笨蛋指著我們大吼大叫。

「終於找到你了，你這個性騷擾尼特！」

「你這個男人原來在這種地方啊！太差勁了，你真的是太差勁了！」

從黑暗之中現身的是身穿睡衣的阿克婭和惠惠。

我應該沒有任何理由被她叫成性騷擾尼特才對，不過她們兩個的反應到底是怎樣？

「喂，夠了喔，不准用那種稱呼罪犯的方式叫我。我現在沒有那個閒功夫理妳們了，更重要的是，你們知不知道愛麗絲的房間在哪裡？事態緊急，知道的話就告訴我們。」

聽我這麼說，阿克婭和惠惠面面相覷。

「愛麗絲的房間就在前面，不過你不打算稍微解釋一下嗎？我可真沒想到和真竟然會來阿克婭的房間夜襲。」

聽見這句話我不禁噴出口水。

「妳這個傢伙別開玩笑了好嗎！我好歹也有挑對象的權利吧！」

「喂，你跑到人家的房間來說了那麼多甜言蜜語，事到如今還說這種話是什麼意思！真是的，要是惠惠沒有來我的房間玩的話，真不知道你還想對我怎樣呢！」

我和達克妮絲對彼此輕輕點了一下頭。

「喂，帶我們去愛麗絲的房間！應該說，我怎麼可能夜襲阿克婭啊，連在馬廄裡妳就睡在我身邊的時候，我都沒對妳怎樣了！連在我經常光顧的那間店裡，就只有妳我從來沒用過好不好！」

「是喔——！剛才還那麼熱情地追求我，被甩了之後就想當成什麼事情也沒發生過，你不覺得這樣很丟臉嗎——？你就沒有別招了嗎，如果真的想追求我的話就把所有財產都給我或是買高級的酒來進貢給我之類，應該還有很多手段吧！這樣我至少可以讓你牽個手喔！」

我真的很想給這個笨蛋一巴掌。

不對，我更想好好整治對這個傢伙說了不該說的話的拉格克萊夫！

「那個傢伙是冒充我的人，是幻形妖啦，幻形妖！有幻形妖潛伏在這個城堡裡面！他想對愛麗絲不利！」

聽我這麼說，阿克婭和惠惠面面相覷。

「吶，所以你的意思是大力稱讚我的藍髮的那個人是冒牌貨嘍？那個說『如果妳不是阿克西斯教徒就完美了』那種莫名其妙的話的那個人呢？」

「他也對我說『如果妳不是紅魔族就完美了』，這下子我可得狠狠揍他一頓才能消氣了。」

然後一面說這些我並不想聽的話，一面為我們帶路。

別這樣好嗎，那個傢伙到底是怎樣追求女生的啊，拜託真的別這樣！

照這個發展來看的話，我的冒牌貨也會認真追求愛麗絲嗎？

他好像真的把愛麗絲當成我的妹妹了，我想再怎麼樣應該也不至於才對……！

「就是這裡，愛麗絲住的房間……哎呀，裡面好像有什麼聲響。」

糟糕，牠已經在裡面了！

我和達克妮絲準備打開房門——！

「『Extelion』——！」

就在這個瞬間。

一道強烈的斬擊，從我頭上沒多遠的地方竄過。

然後隔了一拍，房門隨著聲響倒下……

「兄、兄長大人！」

房間裡面，是不知道聽見了什麼甜言蜜語而滿臉通紅，一手還拿著劍的愛麗絲，以及地板上那灘疑似是拉格克萊夫的黑色液體——

7

「——真是太慚愧了！」

隔天早上。

在城裡的人都知道了昨晚那陣騷動之後，我們回到之前訂的旅店。

過了一夜之後，我們又像這樣再次來到城裡。

「那個，雷維王子。那件事和您並沒有關係，所以您就別這樣了……」

也不顧是在家臣們面前，王子一見到我們就突然下跪，害得愛麗絲困惑不已。

宰相原來是幻形妖，這起大事件已經傳出城外，在鎮上的人們之間流傳了開來。

現在的愛麗絲已經不只是屠龍英雄，更是拯救了差點被幻形妖占據的這個國家的救世主。

而這個救世主和王子之間有婚約，只要是這個國家的人都知道這件事，所以城鎮現在已經熱鬧得像是在辦祭典一樣了。

「非常抱歉！我未免也太笨了。啊啊，這樣也不能怪大家叫我笨蛋王子了！要是愛麗絲公主沒有來到這個國家的話，這個國家的中樞就會一直被魔王軍的爪牙占據……！」

王子從剛才開始就一直是這種狀態。

或許是因為拉格克萊夫已經非常深入這個國家了，在發現那個傢伙其實是幻形妖的時候造成的震撼也相當大。

原本把我們當成鄉巴佬的人們全都對愛麗絲完全改觀，現在大家已經崇拜她到了搞不清楚誰才是這個國家的主人的地步了。

這時，愛麗絲走到謁見廳的中央，對著在那裡磕頭謝罪的王子笑了笑。

「王子。身為王族，不可以輕易對別人低頭喔。」

聽她這麼說，王子立刻站了起來，大聲清了清喉嚨。

「我、我知道了。不過，因為這次的事件，我們欠了妳很大的人情。我國絕對不會忘記貝爾澤格的這份恩情。今後若是碰上任何困難，有任何需要都儘管開口。因為……」

說到這裡，王子稍微猶豫了一下之後——

「貝爾澤格和埃爾羅得是友好的同盟國嘛。」

說著便害羞地轉過頭去。

家臣們和愛麗絲都以祥和的眼神看著這樣的王子，一片和諧的氣氛籠罩著謁見廳。

似乎覺得此時愛麗絲的身影耀眼無比的達克妮絲站到她身邊去。

「那麼，這樣一來事情就順利落幕了。不但問題全都圓滿解決，彼此的友好關係也變得更加深厚，以結果而言真是太好了。今後我國也要請您多多關照了，雷維王子。」

「好，雖然我們辦得到的只有後方支援，但唯有這件事，希望貴國能夠交給我國包辦。話說回來，真是太好了呢。愛麗絲公主的兄長也指點了我不少呢。詐賭固然令人不敢恭維，不過那也是個很好的社會經驗。」

王子顯得心情安穩又開心，我都想問一開始見到的他是怎樣了。

「你是總有一天會變成我的大舅子的人，今後請你把這座城堡當成自己的家，歡迎你隨時來玩。」

而這樣的王子，說出如此莫名其妙的話。

但是卻沒有任何人吐嘈王子，所以只好由我來叮囑他了。

「為什麼我會變成你的大舅子啊？到底是怎樣的腦袋才會冒出這樣的想法來著？」

聽我這麼一說，謁見廳的時間頓時凍結。

「…………咦？不，你是愛麗絲公主的兄長吧？」

「是啊。不過是沒有血緣關係的乾哥哥就是了。」

或許是我的話太難懂了吧，王子歪頭不解。

「沒有血緣關係？這、這是……怎麼回事？你不是傑帝斯王子嗎？既然如此，你到底是誰……？」

「可能是貝爾澤格第一的冒險者，佐藤和真。」

聽見我的回答，王子還是一副有聽沒懂的樣子。

「……喔喔，總之你們不是一般的兄妹就對了？不過就算是這樣，既然愛麗絲公主敬你如兄，對我而言就是……」

這個傢伙大概真的是笨蛋王子吧。

「不不不。你這個傢伙不是和愛麗絲解除婚約了嗎？」

這次，時間真的凍結了。

「吶吶，那個人一動也不動耶？他還好吧？」

「阿克婭，我想暫時不要理他比較好。是說，和真啊，世界上有些事情是不應該說出來的喔。難得大家都故意不提了，你為什麼要告訴他啊？」

阿克婭和惠惠的交頭接耳聲，讓王子的眼中重現光芒。

「那、那那、那是因為……那、那個時候我們打算和貝爾澤格保持距離，所以想故意讓愛麗絲公主討厭我罷了，那並不是我的真心話……！更何況我也是上了宰相的當，而且作為友好同盟的證明，我們更應該……！」

不同於一開始見面的時候，王子顯得格外拚命，對愛麗絲露出懇求的眼神。

愛麗絲瞬間看了我一下，露出一臉為難的表情。

「……貝爾澤格和埃爾羅得一直一直都是朋友。所以，我們也要一直保持朋友關係喔。」

「等一下啦啊啊啊啊啊！」

眼見埃爾羅得的王都變得越來越遠。

「吶，我們每次去觀光勝地的時候，是不是從來沒有好好玩過啊？」

在龍車最後面的座位上抱膝坐著的阿克婭喃喃表示。

「事到如今妳還在說什麼啊？每次都高機率引發騷動的妳沒資格說這種話吧。」

「給我等一下，你這個夜襲尼特。這次如果有更多零用錢的話，我明明還可以玩得更開心的說～～回到阿克塞爾之後你要多給我一點零用錢啦！這樣的話我可以多分一天煮飯的工作。」

這個傢伙……！

「妳剛才叫我什麼！妳是不是叫我夜襲尼特！我對妳一點興趣也沒有好不好，妳知不知道我們一起在馬廄裡睡了多久啊，那個時候我有對妳怎樣嗎！」

「那個時候你明明經常在半夜偷偷摸摸的！旁邊睡了一個如此美麗的美少女耶！我才不相信你沒有在心裡用過呢，你這個說謊尼特！」

這個臭婆娘————————！

憤怒之意久違地突破頂點的我心想該如何弄哭阿克婭，也不管現在是行進中，自己還坐在車夫座旁邊，就這麼爬到阿克婭所在的後方座位來。

大概是感覺到有危險了，阿克婭舉起雙手擺出投降的姿勢，但是已經為時已晚。

這時，正當我打算教訓她的時候。

「啊哈哈哈哈！」

坐在惠惠身邊的愛麗絲，突然捧腹大笑了起來。

「啊哈哈哈哈哈哈！啊哈哈哈哈哈哈！」

被愛麗絲這麼一笑，害我怒氣全失，只好無奈地在阿克婭身邊坐下。

「想要我原諒妳的話，這個星期妳都要代替我煮飯喔。」

「可以是可以，不過會變成一天吃三次納豆拌飯喔。」

看來阿克婭還是完全沒有反省，而愛麗絲開心地看著這樣的阿克婭。

「果然和兄長大人在一起的每一天都非常開心。這次兄長大人願意接下護衛的工作，我真的非常感謝。」

並且帶著天真的笑容這麼說。

「沒有啦，不用客氣，反正我也很開心。先別說這個了，這次最讓我受到打擊的事情是，除了認識我的時間最短的愛麗絲以外，沒有任何一個人識破那個我是冒牌貨。妳們到底是怎樣？都和我相處在一起多久了啊？」

這時，車夫座那邊突然傳出抗議的聲音。

「等一下和真，我有喔，只有我確實識破了喔！一開始是有點被他騙到沒錯，但是我馬上就確定他不是你了！」

「妳更差勁好嗎，居然想叫那個不是我的傢伙對妳做奇怪的事情，他都嚇到有點退避三舍了耶！」

就在惠惠和阿克婭撇開視線的時候。

「就像我告訴雷維王子的，唯有看人的眼光我很有自信喔。」

愛麗絲這麼說完，露出充滿自信的微笑。

「愛麗絲，稱呼和真為兄長大人這個時間點，就已經證明妳有多沒眼光了喔。」

「哦？很好，自稱眼光清明的阿克婭小姐。我問妳，連怪物化身成我都無法識破的妳還有資格說自己是自稱什麼的嗎？啊？」

阿克婭摀住耳朵假裝沒聽見，這時我忽然想起一件事，拿出某樣東西。

「對了，愛麗絲，妳在那邊的時候一直都在想工作的事情，沒有好好上街逛過對吧？我買了紀念品給妳，雖然是便宜貨就是了。」

是我上街的時候買的那個給小孩子的小戒指。

只是一個四百艾莉絲的便宜貨，很遺憾的，我本來想去找更貴的東西，結果忘記了。

我原本還有點擔心愛麗絲會不會拒收這種便宜貨，但她睜大了眼睛說：

「真的嗎？我可以收下這個嗎？」

「可以啊。因為，愛麗絲本來不是一直戴著一枚戒指，現在不是不見了嗎？所以手指的那個地方比較白了一點，有點顯眼，我才想說送這個給妳代替一下。」

愛麗絲以兩隻手小心翼翼地接過我遞給她的便宜戒指。

「和真和真，你沒有那種東西要送給我嗎？我也是正值青春期的女孩，收到那種東西也不太會排斥喔！」

見惠惠突然從旁插嘴，我便拿出事前確實準備好的東西。

「來，惠惠的是埃爾羅得仙貝。其實這個還比愛麗絲的戒指貴喔。」

「…………」

惠惠雙手抱著仙貝的袋子，帶著五味雜陳的表情啃了起來。

「和真先生和真先生，那我呢？我有沒有什麼禮物啊？」

「我送妳這個顏色看起來很像混了黃金在裡面的石頭，這是屠龍的時候，我在金礦裡找到的。」

我將那個因為覺得可能是金礦石而姑且撿回來的石頭交給阿克婭之後，大概是對那個形狀很滿意，阿克婭也沒有抱怨什麼，只是一直看著那顆石頭。

車夫座上的達克妮絲也不時往我這邊偷看，不過她現在在駕馭龍車，之後再說吧。

不過仔細想想，妳們跟愛麗絲又不一樣，自己都有去逛街耶，我其實不需要送妳們紀念品吧。

正當我想著這些的時候……

「嘿、嘿嘿嘿嘿嘿……」

像是在看什麼稀世珍寶似的看著戒指的愛麗絲，突然發出這種笑聲。

「兄長大人！啊，不對……呃……那個……」

把原本想說的話收了回去之後，愛麗絲下定決心，吸了一口氣。

「謝謝你，哥哥。」

這麼說完之後，露出了最燦爛的笑容——

後記

非常感謝各位這次購買了第十集，我是搬來埼玉已經一年以上了，但是除了去附近的便利商店和百貨公司之外，幾乎還是窩在家裡的暁なつめ。

難得都住在距離秋葉原三十分鐘的地方了，我卻覺得自己一點都沒有享受到都會生活。

但應該也不是因為太忙了才對，畢竟我在家裡打電動的時間相當充分。

然而不知為何，我的生活比起住在深山裡的時候變得更像仙人在過的了。

不過我覺得諸如此類的作者近況相當無關緊要，所以還是交代一下其他現在進行式的事項吧。

目前我正在SNEAKER文庫的官方網站「SNEAKER WEB」上連載《續·為美好的世界獻上爆焰！》。

這是因為在動畫化的同時舉行的人氣票選，有個要寫第一名的角色的故事的企畫。

當初原本只是想寫個幾頁篇幅的附錄小說，但是因為總票數太過驚人，如果只寫個幾頁的話可能會被罵，所以緊急改為網路連載。

因此，這次要寫的就是得到第一名的惠惠的外傳故事第二彈了，有興趣的讀者還請多多支持。

另外，目前在《月刊DRAGON AGE》上有本篇和短篇故事、《月刊COMIC ALIVE》上有爆焰系列、「web COMIC CLEAR」網站上有四格漫畫等漫畫版作品正在連載，各位不妨也閱讀看看。

這一集是事隔已久的妹妹回，而下一集的預定則是那個問題兒童集團將再次登場，敬請期待！

如此這般，這一集也要多虧以負責插畫的三嶋くろね老師為首，S責編、美編和校閱、業務，以及其他眾多相關人員，才能夠順利出版。

在感謝參與本書製作的各位工作人員的同時。

最重要的，還是要向拿起本書的所有讀者，致上最深的感謝！

暁なつめ

ATOGAKI

收到戒指很開心的
愛麗絲公主。

2016.

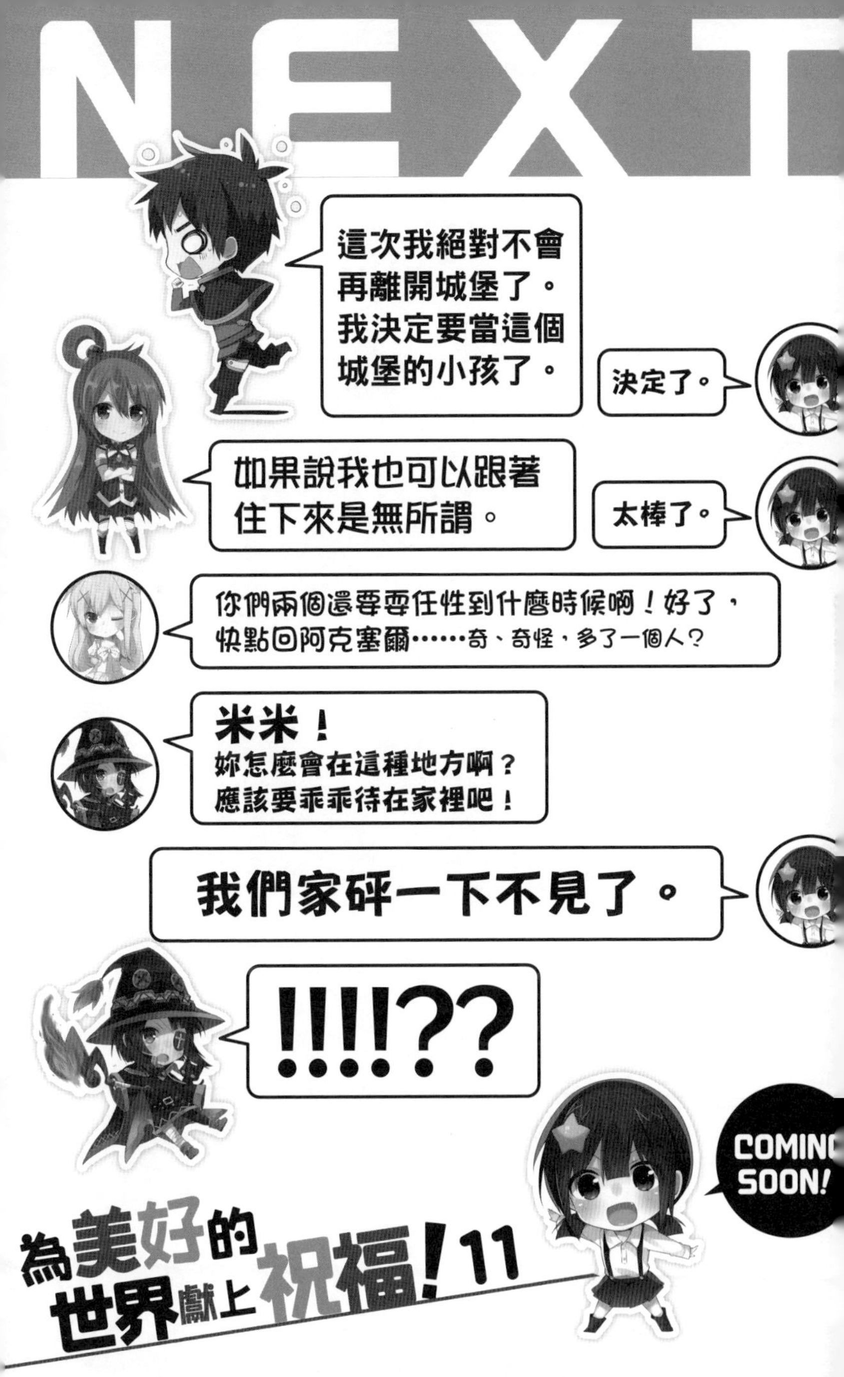
NEXT
這次我絕對不會再離開城堡了。我決定要當這個城堡的小孩了。
決定了。
如果說我也可以跟著住下來是無所謂。
太棒了。
你們兩個還要耍任性到什麼時候啊！好了，快點回阿克塞爾……奇、奇怪，多了一個人？
米米！妳怎麼會在這種地方啊？應該要乖乖待在家裡吧！
我們家砰一下不見了。
!!!!??
COMING SOON!
為美好的世界獻上祝福！11

為美好的世界獻上祝福！
暁 なつめ
illustration 三嶋くろね
絶贊熱銷中!!
「你要不要去異世界？可以帶一樣喜歡的東西過去喔。」
「那……就妳吧。」
（廢柴）家裡蹲就此跟（沒用）女神轉生異世界去了……!?
即使組成一群問題勇者，還是要拯救這個美好世界！
廢柴系ww
最搞笑的異世界喜劇!!

為美好的世界獻上祝福！外傳
曉なつめ
illustration 三嶋くろね
為美好的世界獻上爆焰！
好評大熱賣!!
《為美好的世界獻上祝福！》惠惠視角的衍生外傳登場！
「——請妳教我剛才的魔法。」
在此即將揭開紅魔族首屈一指的天才魔法師惠惠
一日一爆裂的真相……！
小説家になろう
出自「成為小説家吧」網站

Kadokawa Light Novels

轉生成自動販賣機的我今天也在迷宮徘徊 1 待續

作者：昼熊　插畫：加藤いつわ

自動販賣機×怪力少女
兩人（？）的冒險之旅啟程——！

被捲入一場意外的我，醒來後發現自己佇立在陌生的湖畔，身體完全無法動彈。慌忙之下移動視線，透過湖面倒影發現一個完美的四方體——看來，我似乎變成一台「自動販賣機」了……！在無法自力行動的狀態下，我有辦法在異世界的迷宮存活下去嗎……

台灣角川

NT$200/HK$60

國家圖書館出版品預行編目資料

為美好的世界獻上祝福!. 10, 賭博大亂鬥！ / 暁なつめ作 ; kazano譯.
-- 初版. -- 臺北市 : 臺灣角川, 2017.06
面； 公分
譯自：この素晴らしい世界に祝福を!. 10, ギャンブル・スクランブル!
ISBN 978-986-473-721-5(平裝)

861.57 106006388

Kadokawa Fantastic Novels

為美好的世界獻上祝福！ 10
賭博大亂鬥！

（原著名：この素晴らしい世界に祝福を！ 10ギャンブル・スクランブル！）

2017年6月15日 初版第1刷發行
2024年8月8日 初版第10刷發行

作者：暁なつめ
插畫：三嶋くろね
譯者：kazano
發行人：台灣角川股份有限公司
總監：呂慧君
總編輯：蔡佩芬
主編：林秀儒
副主編：楊鎮遠
設計指導：陳晞叡
印務：李明修（主任）、張加恩（主任）、張凱棋、潘尚琪
發行所：台灣角川股份有限公司
地址：104台北市中山區松江路223號3樓
電話：（02）2515-3000
傳真：（02）2515-0033
網址：www.kadokawa.com.tw
劃撥帳戶：台灣角川股份有限公司
劃撥帳號：19487412
法律顧問：有澤法律事務所
製版：尚騰印刷事業有限公司
ISBN：978-986-473-721-5